ハヤカワ文庫 SF

〈SF2365〉

宇宙英雄ローダン・シリーズ〈664〉

死者のハーモニー

マリアンネ・シドウ＆ロベルト・フェルトホフ

林 啓子訳

PERRY RHODAN

DAS GEHEIMNIS DER WISSENDEN

DIE HARMONIE DES TODES

by

Marianne Sydow

Robert Feldhoff

Translated by

Keiko Hayashi

First published 2022 in Japan by

HAYAKAWA PUBLISHING, INC.

This book is published in Japan by

arrangement with

PABEL-MOEWIG VERLAG KG

through JAPAN UNI AGENCY, INC., TOKYO.

目次

全知者の秘密…………………………七
死者のハーモニー…………………一五五
あとがきにかえて…………………二九九

死者のハーモニー

全知者の秘密

マリアンネ・シドウ

登場人物

ニッキ・フリッケル………《ワゲイオ》船長。ＰＩＧの女チーフ
ウィド・ヘルフリッチ……《ワゲイオ》乗員。ＰＩＧ副チーフ
ナークトル…………………同乗員。スプリンガー
ダン・ピルカー……………同乗員。探知担当
エスト・ウィニア…………同乗員。考古学者
ポエル・アルカウン………盗聴能力を持つパラテンサー。ＰＩＧ要員
ダオ・リン＝ヘイ…………カルタン人。《マスラ》の庇護者。全知女性
ヴァイ・シン＝ヘイ………同。ダオ・リン＝ヘイの師

1

「ギャラクティカーはけっしてあきらめないだろう」全知女性たちがいった。「われらが生きているかぎり、カルタン人の秘密をつきとめようとするにちがいない。かれらは執拗だ。われらが永久に相手の気をそらさないかぎり、やりとげるだろう」

「厄介なことになるでしょう」ダオ・リン＝ヘイが応じた。「わたしには、いつかギャラクティカーがなにかべつの事柄に興味をひかれ、関心をそらすとはとうてい思えません」

「そのとおりだ」全知女性が応じた。「それでも、ここには特別のバリアが存在し、かれらといえども、それをこえることはできない」

ダオ・リン＝ヘイは、なにもいわない。

正確にいえば、彼女もまた全知女性のひとりだが、つい最近、仲間にくわわったばかかりで、内心、自分がその一員とはまだ完全には思えない。すでに、カルタン人の秘密については知っている。ぜがひでも、それを守りとおさなければならない理由も。それでも、ほかの全知女性にはいまだなじめないばかりか、いささか不気味に思えることさえあった。

全知女性は、こんどはなにを思いついたというのか。わかっているとも。無理やり、聞きだそうとしたところで無意味というもの。全知女性はとうに、自身の役割に深くなじんでいる。ときおり、その存在が不可解そのものに思えることがあった。実際、すでに自分がすべてを知らされたのか、確信が持てない。おそらく、知らないことがたくさんあるだろう……何年ものち、ずっと歳を重ねてからはじめて告げられるであろうことが。

ほかの全知女性たちのような高齢になってからだ。そのだれもが、発言や行動すべてにおいて奇妙にも同じように見える。

「われらには、計画がある」全知女性はいった。「そして、ダオ・リン＝ヘイ、おまえはこの計画において重要な役割をになわなければならない。おまえは、たいていのカルタン人よりもギャラクティカーをよく知っている。そして、われらの仲間だ。おまえは、この点においてわれらが信用できる唯一の相手といえよう」

おそらく、これは讃辞だろうが、ダオ・リン＝ヘイはうれしいとも思わない。根気よく、話のつづきを待った。

「ギャラクティカーの裏をかくつもりだ」全知女性が告げた。「かれらが二度と、われら同胞種族の過去を探ろうとしないように」

「そのためには、どうすればいいのでしょう？」ダオ・リン＝ヘイが訊いた。だれもが期待に満ちてこちらを見つめている。おそらく、新入りが直感で計画を知るのを待っているのだろう。ダオ・リンには、想像もつかない。ギャラクティカーをあきらめさせるには、どうすればいいのか、まったくわからないのだ。

「われらは、死ぬつもりだ」ついに全知女性が告げた。

ダオ・リン＝ヘイは、驚いて全知女性を見つめた。

「われらが死ねば」ほかの全知女性がつづける。「ギャラクティカーは、われらをほうっておくだろう。死者からはもうなにも聞きだせないから。かんたんなことだ」

ダオ・リン＝ヘイは、なんと答えるべきか、わからなかった。全知女性の決定にとやかくいうつもりはないが、いまは、それすらもできない。言葉を失ったのだ。

「同胞種族のために、死ぬ覚悟はあるか？」全知女性のひとりが訊いた。「種族の秘密を守るため、命をかける用意はあるか？」

ダオ・リン＝ヘイは、頸筋の毛が逆立つのを感じた。どうしようもない……肉体の反応であり、理性の反応ではないから。

「はい」かすれ声で応じた。

「本当か？」

「必要とあらば、そうします！」ダオ・リン＝ヘイがいら立ちをあらわにいう。もちろん、本気でいったのだ。

それでも、ひそかに自問した。はたして、それが本当に正しい道なのか。全知女性が死に、カルタン人の秘密を墓場まで持っていくなら……それがなんの役にたつ？　いずれにせよ、その場合、すべてが終わるのではないか？　全知女性がいなくなれば、だれが同胞種族にラオ＝シンにいたる道をしめすというのか？

「秘密が受け継がれるようにしなければなりません」ダオ・リンがためらいながら、いった。「さもなければ、すべてがむだになります」

「だれかに秘密を明かせば、ギャラクティカーは早晩、それを知るだろう。そうなれば、ふたたびすべてが振りだしにもどり、われらの犠牲はむだとなる」

「秘密を書きしるし、どこかに保管することもできます」ダオ・リンが考えながらいった。

「それでは、まったく同じ結果になるだろう」

「ならば、われわれのうちすくなくとも一名は生きのこらなければ」

「それもまた不可能だ。ギャラクティカーは、真実を聞きだすために、その唯一の生きのこりを宇宙の果てまで追いまわすだろう」

「ですが、われわれ全員が命を絶てば……」

「ひとつ可能性がある」全知女性は真剣な面持ちで、絶望するダオ・リン＝ヘイに告げた。「しかし、その可能性はひょっとしたらおまえに、みずからの命を絶つよりもさらに大きく、さらに重い犠牲を強いるもの。われらは、おまえを死なせたくない。生きのこるのだ……ぜがひでも。そして、おまえが逃げうせたことをギャラクティカーに気づかせてはならない」

「わたしは、あなたがたが死ぬのを見たくありません」ダオ・リン＝ヘイが異議を唱えた。

「たったいま、自分の命を捧げようとしたではないか」

「それはべつの話です」

「そうかもしれないが、犠牲が不可欠なこともある。十八名の命が種族全体のために犠牲となるのだ……」

「十八名？　それでは、われわれのだれも生きのこらないことになるでしょう！」

「十八名の命は多くはない」全知女性のひとりがおだやかにいった。「一種族全体のかわりに十八名。そのような犠牲は、やむをえないとは思わないか？」

ダオ・リン＝ヘイは、なんと答えればいいものか、わからなかった。混乱するばかりだ。

「つまり、だれかがわたしのかわりに死ぬということですか？」と、訊いてみる。

「おまえの身がわりだけではない」全知女性が応じた。「われら、これほど長きにわたり、種族の秘密を守りぬいてきた……それをいま、あっさりあきらめるわけにはいかない。われらには、生きのこる義務がある。それはわかるな、ダオ・リン＝ヘイ。おまえ自身、この秘密を守りぬく方法を必死に探してきたではないか」

ダオ・リン＝ヘイは跳びあがった。おちつかないようすで行ったりきたりする。ほかの全知女性たちは、はげしい身体的反応をしめすには歳をとりすぎていた。新入りを注意深く見つめるばかりだ。

「カルタン人十八名を犠牲にするつもりなのですね」ようやく、ダオ・リンが確信していった。「その者たちが、われわれの身がわりとして死ぬということ」

「そのとおりだ」全知女性の代弁者がおちつきはらって応じる。

「ですが、それは殺人です！」

「やむをえぬ防衛措置だ。ギャラクティカーの目をわれらからそらさなければならない。種族の秘密を知られるわけにはいかないのだ。なぜだか、理由はわかるな」

「わかりますとも」ダオ・リンはつぶやいた。「しかし、それは……」

「この件に関して〝しかし〟はない」全知女性はきびしい口調でさえぎった。「全カルタン人の将来がかかっているのだ。種族の未来を守るためなら、善意のカルタン人であればだれでも、よろこんで命を捧げると思わないか？」

「つまり、志願者を募るわけですね？」ダオ・リン＝ヘイがほっとして訊いた。

ならば、まんざらでもない。そう思った。

カルタン人は、きわめて自尊心が高い。種族の存亡がかかっているとあらば、どんな犠牲をもいとわないだろう。死に急ぐ者たちではないが、実際、絶体絶命の状況となれば、だれもが死をもいとわないにちがいない。

ダオ・リン＝ヘイもまたしかり。

全知女性の代弁者は、ちいさなため息をつき、

「志願者を募るには、大勢のカルタン人に事情を明かさなければならない」と、いった。

「どうしたら、そのようなことができようか？　同胞種族でさえ、われらの存在になんとなく気づいている者はほんのわずかしかいない。事情を明かせば騒ぎとなり、ギャラクティカーの耳に入ることだろう。いや、ダオ・リン、彼女たちは志願したわけではない。とはいえ、事情を知っていたなら、その者たちはこの計画のために志願したにちがいない。わたしはそう確信している。彼女たちはうまくやり、使命をまっとうするだろう。たったいま、準備がととのったところだ。折を見て、彼女たちはギャラクティカーをおびきよせ、自分たちのあとを追わせる。おまえは同行し、すべてが計画どおりに進

むようにしてもらいたいのだ」

ダオ・リン＝ヘイは、この任務にあまり気が進まなかったが、なにもいわずにいた。

「彼女たちに会えますか？」長い沈黙のあと、訊いてみる。

「いや」全知女性が応じた。「いまはまだ、会わせるわけにはいかない。十八名が、みずからの役割に慣れてからだ。おまえは、この計画ではたすべき任務に習熟するように！」

2

「かれらを見つけだすのよ」ニッキ・フリッケルはきびしい口調でいった。「そして、三角座銀河全体を捜索しなければならないとしても……わたしはそのかくれ場をつきとめてみせるわ」

「捜索はそう長くはかからないでしょう」ポエル・アルカウンが応じた。「なんといっても、わたしたち、すぐそばまで近づいたのだから。もっとも、もう二度とあのような目に遭うのはごめんです。あぶないところでした」

「あぶないところだったですって？」ニッキ・フリッケルが大声で笑った。「わたしたち、ほとんど殺されるところだったのよ。ああ、いまだに悪夢にうなされるわ。それでも、なんとしてもかれらの秘密をあばいてやる。いいように引きまわされてたまるものですか」

ポエル・アルカウンは、それらすべてにかかわらず、カルタン人に対して大きな共感をいだいている。考えにふけりながら周囲を見わたした。

会議参加者のほとんどが、険しい顔をしている。無理もない。このところ、カルタン人は、わが〝銀河盗聴部隊〟にいささか面倒をもたらしていたから。

それは、ニッキ・フリッケルとポエル・アルカウンが、ダオ・リン＝ヘイを追跡し、全知女性のかくれ場をつきとめようとしたさいに経験した、ほとんど致命的な敗退だけではない。はるかにがまんならないのは、三角座銀河のネコ型住民がギャラクティカーとマーカルをたがいにけしかけようとしたこと。つづくPIG基地惑星カバレイの司令本部に対する攻撃は、まさにずうずうしいにもほどがあった。それが一般的な見解だ。カバレイは、もはや秘密基地ではない……もっとも、どうやらすでに長いあいだそうではなかったようだ。カルタン人は、ギャラクティカーがどこにかくれているかを正確に把握していた。かれらは狡猾《こうかつ》にも、直接に手をくだすのをあきらめ、マーカルを介して攻撃を試みたのだ。

ポエル・アルカウンは疑問に思った。ネコ型生物はなぜ、これほど必死になって秘密を守ろうとしているのか。

「カルタン人には、わたしたちを攻撃し、追いはらう権利があります」彼女はためらいがちにいってみた。「わたしたち、ここにくるべきではなかったのです」

「そうかしら？」ニッキ・フリッケルが、からかうようにいう。

「そうですとも。ホーマー・G・アダムスと高位女性が結んだ協定をおぼえていませんか？　ギャラクティカーはカルタン人の領域に立ちいらず、かれらもまたこちらの領域に立ちいらないことで合意した。それでも、わたしたちがこれを守ったためしはありません。それゆえ、理は向こうにあるはず」

「それは、どうかしら？」ニッキ・フリッケルが応じた。「わたしは、あのカルタン人たちのことをよく知っているの。きっと、やましいことがあるのよ」

「かれらにはやましいことなんてありません！」

「どうして、そんなことがわかるの？」

「カルタン人が銀河系を嗅《か》ぎまわっていたなら、わたしたち、とっくになにか耳にしたはずですから！」

「やつらは賢いからな」ウィド・ヘルフリッチが口をはさんだ。「それに、かくれんぼのこつを心得ているようだ。思うに、ニッキのいうとおりだな。カルタン人がおおっぴらにわれわれを攻撃しないのは、脛《すね》に傷を持つ証拠さ。なにをかけたってかまわない。最初から、このばかげた協定を守るつもりなど、毛頭なかったにちがいない。おまけに……こちらはカルタン人になにもしていないのに！」

「カルタン人も同じ見解か、直接、訊いてみたことがあるのですか？」ポエル・アルカウンが怒りをあらわにいった。

ウィド・ヘルフリッチは笑い、馬の歯ならびのような歯をむきだしていった。

「かれらは、ミモザの花みたいに敏感だ。カルタン人とそのとてつもない秘密！　あの謎めいた動きさえなければ、われわれには、カルタン人のことを嗅ぎまわる理由などまったくなかっただろうよ」

ポエル・アルカウンはなにもいわない。確信していた。それでも、ギャラクティカーはカルタン人をつけまわしたことだろう。口実など、あとからいくらでも見つかるもの。そもそも、彼女自身にとってはなにも変わらない。

ギャラクティカーはすでに知っていた。カルタン人はみずからの運命について、見かけほど自主的に決めることができないようだ。どうやら高位女性たちは、謎めいたアルドゥスタアルの〝声〟にしたがって行動しているらしい。ポエルはかつてこの声に近づきすぎたため、あやうく命を落とすところだった。そのさい、高齢でほとんどミイラのように干からびたカルタン人の環にダオ・リン＝ヘイが迎えいれられるのを〝見た〟のだ。

あの老カルタン人たちがアルドゥスタアルの〝声〟であるならば、《マスラ》のもと庇護者はいま、きわめて排他的グループに属するわけだ。

ポエル・アルカウンは、もしいまダオ・リン＝ヘイを〝盗聴〟できるのであれば、どんな犠牲をもいとわないだろう。だが一方で、あのカルタン人に対して奇妙な恐れも感じる。それはべつとして、いまもなお、自分の特殊能力を使わなければならないとき、恐怖に駆られることがある。そのさい、きわめて頻繁に自然発火してしまうから。

「それはそれとして」ニッキ・フリッケルが快活にいった。「この件に関しては迅速に対応する必要があるわ。ぐずぐずすればするほど、カルタン人にあらたなトリックを思いつく機会をますますあたえてしまうから。明朝、《ワゲイオ》で出発することにします」

「教えてください」ポエル・アルカウンがつぶやいた。「なぜ、この船は《ワゲイオ》と呼ばれているのですか？　《ワイゲオ》ではなく」

「なぜ《ワイゲオ》だと思った？」ウィド・ヘルフリッチが訊いた。ポエル・アルカウンは顔を赤らめ、

「この宇宙船の歴史について調べてみました」と、とまどいながら応じる。

「船の？　きっと、その乗員についてという意味だろうな？」

「もちろん、乗員もふくまれるでしょう？」

「そうとはかぎらないな！」

ニッキ・フリッケルが、ヘルフリッチにとがめるような視線を送り、

「やめるのよ！」と、命じた。「だれにでも、船のことを知る権利があるわ。それに乗員だってその船の関係者なんだから、調べるのは当然よね」

船長は、〝盗聴能力者〟に向きなおり、

「わたしたち三人が」と、いって、ウィド・ヘルフリッチ、スプリンガーのナークトル、それに自分自身をさししめした。「ある基地の要員として配属され、その基地がワイゲオと呼ばれていたことは秘密ではないわ。わたしがこの船の指揮をまかされたさい、もちろん船をワイゲオと名づけようとした。でも、いざそうなったとき、ある事件が起きて、ナークトルがこの件を引き継ぐことになったの」

「またその話を蒸しかえすのか？」ナークトルが口をはさんだ。

ニッキはまったくとりあわず、ウィド・ヘルフリッチはくすくす笑った。

「すべてがあっという間だった」ニッキ・フリッケルがつづけた。「ただちに出発しなければならず、可能なかぎりあらゆる準備をととのえたわ……そして、ナークトルは出発の前の晩、律儀《りちぎ》にもわたしたちのお気にいりのバアでさよならパーティーをしたの。それから、まだ完全に酔いがさめないうちに……」

「ちがう」ナークトルが抗議する。「完全に酔いはさめていたとも」

「もちろんさ！　だが、きみは自分が配属されていた基地の名前をもう正確にはおぼえていなかったわけだ」ヘルフリッチがくすくす笑った。「まちがいなく、ほかのあらゆる領域においてきみの記憶力はすこぶる良好だったとも。きみが、古いゴミ箱を〝ヴルグッ〟というしゃれた酒の名前で登録しなかったのは奇蹟だな！」

「われわれスプリンガーには独自の文化があるのだ」ナークトルが堂々と主張した。

「独自の言語と独自の文字が」

「なるほど」ヘルフリッチがこれに食いつき、身をのりだす。「そりゃ、これまで一度も気づかなかったよ！　きみたちはインターコスモを読み書きする。それに必要とあらば、アルコン語も」

「われわれは、まさに礼儀正しい種族なのだ」ナークトルが主張する。「なぜ、きみたちをわれらの言語でわずらわさなければならないのか？　われわれは順応できる……きみたちも、一度ためしてみるがいい」

「まったく賛成だな」ウィド・ヘルフリッチがからかうようにいう。「まずは、きみの名前に少々手を入れてみることにするか。あまりに発音しにくいから。わかるか？」

「ウィド、やめなさい」ニッキ・フリッケルが口をはさんだ。「あれは実際、ささいな思いちがいだったのよ。そうでなくても……わたしたち全員がさよならパーティーに参加したでしょ。だれにでも起こりうることだったのよ」

「わたしには、まだわかりません。この船がなぜ《ワゲイオ》と呼ばれるのか！」ポエル・アルカウンがいった。

「まったく単純なことよ」ニッキが説明する。「ナークトルが担当窓口に申請に行き、まごついていると、親切な職員が手を貸そうとした。そこにカタログがあって……」

「スプリンガー・カタログさ」ウィド・ヘルフリッチがおもしろがって口をはさんだ。

「そのとおり！　そのカタログには、さまざまな文字でありとあらゆる固有名詞が載っているの。ナークトルはまだ、船の名前が〝W〟ではじまることはおぼえていて、その次の文字〝A〟まで記憶をたどれた。カタログのちょうどそこには〝ワゲイオ〟という名前が載っていたの。ナークトルは、これを正しい名称と勘ちがいし、その結果、面倒なことになったというわけ」

「名称変更はできなかったのですか？」ポエル・アルカウンが訊いた。

「ああ、愛すべきお嬢ちゃん、そんなことできるもんか！」ウィド・ヘルフリッチがため息をついた。

盗聴能力者は、声の主をにらんだ。

「その名前で申請され、そのまま手つづきが進んだの」ニッキ・フリッケルがつづける。「ウィドが、もともと予定されていた船名をほかの場所で申請しなかったなら、ひょっとしたら、まだなんとかできたかもしれない。異なるふたつの船名は、ひどい混乱を招いたわ。もちろん、ナークトルが誤って申請した船名が優先的にあつかわれ……とうとう上級官庁からお達しがあったの。こうして、いたるところで正しい《ワイゲオ》から誤った船名《ワゲイオ》に変更されたのよ。ふたたび名称変更を申請したなら、わたしたちはまったくどうかしていると思われたことでしょうよ。それに、どうやってすべてを弁明できたというの？　《ワゲイオ》は、長時間におよぶ酒宴の産物以外の何物でもない。まだ完全には酔いがさめていないスプリンガーと、あのくだらないカタログをいっしょに混ぜて、全体をよくシェイクしてからこの飲み物を職員のだれかに提供したなら……その職員は、すくなくともこれを社会秩序に対する攻撃とみなすでしょうよ。さ、カルタン人の話にもどりましょう」

ニッキ・フリッケルがカルタン人の件を忘れているといいのに。ポエル・アルカウンは、そう願っていた。もちろん、それは完全にばかげた望みだった。ニッキが、一度頭に浮かんだ事柄を忘れることはけっしてないのだから。

「この件全体をこれほど複雑にしているのは」ニッキ・フリッケルが考えこむようにつづけた。「〝声〟のかくれ場がどうやら、三角座銀河辺縁の星々のない宙域にあるせいね。そこまで出向いたけれど、基地らしきものはなにひとつ探知されなかった。それでも攻撃を受けたわ……非常に陰険なやりかたで。目下の問題は、どうやってかくれ場を見つけるかということ。プシ能力によって、われわれをこっぴどくやっつける機会をカルタン人にあたえることなく」

だれもなにもいわない。

ポエル・アルカウンは、最初の接近を思い浮かべ、きわめて不愉快になった。当時、ニッキ・フリッケルとふたりきりでスペース・ジェットで追跡し、攻撃を受けて命からがら逃げだしたのだ。カルタン人が、乗員もろとも《ワゲイオ》に訓戒をあたえたならどうなることとか。あえて考えないことにした。

「カルタン人ときたら、あのときはちいさなスペース・ジェットに対してずいぶん好き勝手にふるまってくれたものだ」ナークトルが、まるでポエル・アルカウンの考えを読んだかのごとく、いった。「だが、大型船《ワゲイオ》には手こずるはず。ひょっとしたら、船団全体で向かったほうがいいのでは？」

「カルタン人に恐怖心をあたえるために？」ニッキ・フリッケルが訊いた。「わたしにはわからないわ……それに、さらにまずいことになるかもしれない。アルドゥスタアルの〝声〟のかくれ場には、きっと大量のパラ露があるはず。カルタン人がパニックにおちいり、それを乱用するなら、できれば近づきたくないわね」

ちいさな咳ばらいが、船長の視線をそらせた。

トスジャ・フェルゲンが、顔を真っ赤にしながら、

「たくさんの搭載艇でためしてみたらどうでしょう」と、いった。その声は消えいりそうで、ほかの乗員が思わず、聞き耳を立てなければならなかったほど。

「つまり、そうすればカルタン人を混乱させられると？」ニッキが訊いた。

「もちろんです」トスジャが応じた。こんどはほとんど挑戦的にも聞こえる。「《ワゲイオ》一隻だけで接近すれば、かれらはきっと、かんたんにはパニックにおちいらないでしょう。そして、複数の搭載艇もまた、カルタン人にすこしの恐れもあたえないかも

しれません。それでも、たくさんのちいさな目標に集中しなければならなくなります」

ポエル・アルカウンは、ある種のかすかな共感をおぼえながら、最初に接近したさいに感じた、とてつもないプシ能力について考えた。あのカルタン人たちが搭載艇数隻の出現によって混乱するとは思えない。

「アイデアはまったく悪くないわ」この瞬間、ニッキ・フリッケルの声が聞こえた。

「やってみましょう。どうにかして、〝声〟に近づかなければならないのだから」

トスジャ・フェルゲンは、まだ顔を赤らめている。

「いよいよのときは、それらの搭載艇のうちのいずれかで出撃させてください」と、かすれ声でいった。

「ほかにどうしようもなければ……いいわよ」ニッキが応じた。

トスジャは、ほっとしたようだ。

ポエル・アルカウンは若者を見つめ、考えた。この若いテラナーは実際、自分がなにに頸をつっこんだのか、わかっているのか。

だれかが異議を唱え、これをほかの者が論破し、またべつの者がたたみかける……ポエルはもう聞いていなかった。わかっている。ニッキ・フリッケルはすでに決心がついているのだ。賢いPIGの女チーフは、乗員たちにしばらく議論させている。なかには議論を必要とする輩《やから》もいるから……これにより決定が覆ることは、ほとんどなかったが。

トスジャ・フェルゲンはもうなにもいわない。シートの背にもたれかかり、すでにカルタン人に思いを馳せているようだ。

ポエル・アルカウンは、一瞬、若いテラナーの感情をとらえざるをえなかった……思考ではなく、いまこの若者を動かしている感情を。

トスジャ・フェルゲンは、自分自身に非常に満足しているようだ。

＊

《ワゲイオ》が出発したとき、船内の雰囲気は非常におちついていた。ポエル・アルカウンは、乗員のだれもがいだいている、抑制されたかすかな緊張感をとらえた。ときおり、ほのかな恐れも感じられたが、驚くほどすくない。なにかが、まったくまちがっている。なんとなく、そんな気がした。

「なにが待ち受けているのか、乗員に告げるべきでは」ニッキ・フリッケルに向かってそういってみる。

ニッキは、盗聴能力者を驚いたようすで見つめ、

「みんな、とっくに知っているわ」と、いった。

「でも、だれも恐れていません」

「そう、強く望みたいわ」

ポエル・アルカウンは、すでにニッキ・フリッケルのことをよく知っていた。それでもときおり、船長を理解できなくなる。

「あのカルタン人たちにどのような能力があるのか、あなた自身、経験ずみのはず」腹立ちをあらわにいう。「わたしたちを全員いっしょに焙《あぶ》ることも、なにかを信じこませることもできる。たがいに殺しあうよう、操ることさえ！」

「確信があるの？」

「からかっているのですか？」ポエルは激怒した。「アルドゥスタアルの〝声〟には、強力なプシオン力があります。あなたも知っているはず。わたしたちを文字どおり、意のままに操れるということも。それに対し、そなえなければ！」

「で、どのようにそなえろと？」ニッキがため息混じりに訊いた。「なにに対して、そなえろというの？」

ポエル・アルカウンは冷静になり、ＰＩＧの女チーフを見つめた。

「わかりません」ようやく、うめくように応じる。「それでも、これほど軽率に近づくべきではありません」

「軽率ですって……なんてこと、わたしたちはまったく軽率ではないわ！」

「あのフェルゲンに関しては、確実にそういえます。ようやく事態が動くことにまぎれもなく興奮しているようだから」

「思うに、わたしのほうがあなたよりもトスジャ・フェルゲンのことをよく知っているわ。あの若者は恐がっているけれど、それを自覚している。惑星ヴァアルサでカルタン人の多段式宇宙船を最初に発見したさい、かれもその場にいて、あの生物をごく近くで目撃したわ。トスジャはカルタン人を恐がっている……それでも同時に、かれらの秘密を知りたくてたまらない。当時、トスジャはまだとても若かった。そして、いまだにカルタン人の秘密を暴《あば》けないことに腹を立てているのよ。わたしは、そう感じる。もちろん、わたしもまったく同じだわ」

「トスジャは、自分がなにをできるか、証明したくてうずうずしています」ポエル・アルカウンが反論する。「自分が勇敢で、恐れを知らず、カルタン人のプシ能力をもってしても恐がらせることはできないことを。あの若者は、それをカルタン人とわたしたちに証明したいのです……そしてなによりも、自分自身に。きわめて危険な状況におちいったとき、トスジャがどう反応するか、わたしにはわからない。それでも、自制心を失うのではないかと恐れています。けっしてあの若者にどの搭載艇もあたえてはなりません。トスジャが、それでなにをしでかすか、わかったものではありませんから!」

ニッキ・フリッケルは、考えこみながらポエルを見つめ、

「トスジャを盗聴したのね」と、確信したようにいう。「副作用はあったの?」

ポエル・アルカウンは、ただかぶりを振るばかりだ。

「いいわ」PIGの女チーフはうなずいた。「トスジャに関しては……よく考えてみるわ。ひょっとしたら、搭載艇を出すまでもないかもしれないし」

ポエルは疑問に思った。どういう意味だろうか。だが、ニッキ・フリッケルはふたたび、職務にもどってしまった。

盗聴能力者は、納得がいかないまま自室にもどった。

なにか、ひっかかる。この感じは、時間の経過とともに強まった。

とまどいながら、箱を開ける。なかに保管されたパラ露のしずくを見つめた。心の目の前では、てのひらの上でグリーンの炎が踊る。箱をふたたび閉じた。

長いこと、心を決められずにそこに立っていた。ようやく、恐れを克服する。ふたたび箱を開け、パラ露ひとつをつかむと、目の前にかかげた。パラ露は、恐ろしい速さで〝溶けていく〟。あわてて、のこりを箱のなかに滑りこませた。

慎重に意識を開き、盗聴する。どこにも、グリーンの炎はあらわれない。

さらに集中力を強めた。一瞬、船からさまざまな印象を受ける。とはいえ、いまはそれらに興味はない。

ポエルは〝前方〟に意識をかたむけた。《ワゲイオ》の目的地、三角座銀河辺縁の虚無のなかに。

なにかがそこに存在する……完全にはっきりと感じるものの、正確には把握できない。

なにか強大なもの。かたちをもたず、ひょっとしたら、危険なものかもしれない。どことなく脅かすような。

そして、それは待ちかまえていた。

思わず、あとずさりする。

一瞬、幻覚かと思った。ひょっとしたら、自分の潜在意識が演じてみせるなにかにだまされたのかもしれない。

ポエルは、はじめてその存在を知ったときからカルタン人に好意をいだいていた。あのネコ型生物に共感をおぼえ、感銘を受けたもの。とはいえ、かれらを盗聴しようとするたび、何度も奇妙な不安に駆られた。

これはとりわけ、盗聴に強く集中すると相手を傷つけてしまうのではないかと、つねにポエル・アルカウンが恐れているせいにちがいない。生来は弱かったものの、パラ露によって強化されたテレパシー能力と映像化能力は、ほとんど制御不能なピロキネシスと結びついている。この力は、自分自身あるいは、自分とテレパシー・コンタクトにある相手に影響をおよぼし、重度の火傷《やけど》を負わせるかもしれない。

ポエル・アルカウンは、この現象に対する恐れを完全におさえることができなかった。とりわけ、カルタン人を盗聴するさいは恐くてたまらない。

もっとも、カルタン人に関しては、ほかにもまだなにかある……自分でも説明できないなにかが。それはときおり、このネコ型生物との関連において、あらゆる点で真実と一致しない推論に導くかもしれない。自分は、カルタン人を美化している。それはわかっているとも。それゆえ、盗聴した内容の解釈に注意している。

ところが今回は、自分の認識を疑う理由はまったく見つからない。

実際、なにかがそこで待ち受けている。

なにか強大なもの。高齢で、忍耐強いものが。

ポエル・アルカウンの心の目の前に、突然、大きなネコの映像が生じた。想像もおよばない力と、獲物を狙う動物だけが持つような忍耐力をそなえた巨大なネコだ。

ネコのようななにかはおだやかで、くつろいでいた。ただ、そこに横たわり、待っている。同時に敏捷《びんしょう》で危険だとは想像もつかない……だが、いったん目ざめれば、まさにそうなるだろう。

実際、それはカルタン人なのか？

ポエル・アルカウンはそこから引きあげ、考えこんだ。

この件について自信はない。みずからにいい聞かせる。ニッキ・フリッケルと話しあうべきだ。それでも、そうしない理由と口実はいくらでも見つかった。

ひょっとしたら、あれはアルドゥスタアルの〝声〟なのかもしれない。そうだといいのだけれど。とうとう、カルタン人の秘密が解明されるのだ。ほかの乗員とまったく同様に、ポエルも待ちわびていた。とはいえ、おおやけにはそれを認めたくない。

ひょっとしたら……ひとりごちた……〝声〟とのコンタクトに成功するかもしれない。ただ、そうなる前にひるんではだめ。自分にいい聞かせる。ひたすら待つのよ。脳内で自分に向かっていう。相手を、あの待ちかまえる力を起こさないで。そして、ほかの者たちに警告しないように。そうすれば、あの巨大なネコにも警告することになる。

待つのよ……あの遠くにいるなにかとまったく同じように。相手はまだ、こちらに気づいていない。ひょっとしたら、不意打ちできるかもしれない……そして、襲いかかるのよ。

今回は、こちらにチャンスがある。だからこそ、冷静沈着に行動しなければ。

3

《ワゲイオ》が目標宙域に接近するにつれ、船内の緊張感は高まった。それを確信するのに、テレパシー能力はまったく必要ないだろう。

ポエル・アルカウンはスクリーンを見つめ、思わず比較していた。

はじめてここを訪れたのは、ニッキ・フリッケルとともにダオ・リン＝ヘイを追ってきたときのこと。無謀な追跡だった。《マスラ》の庇護者のあとを追い、まさにやみくもに駆けまわり、気がついたときにはすでに三角座銀河辺縁にいた。すると、たちまち攻撃されたのだ。

今回はちがう。

《ワゲイオ》は、細心の注意をはらい、目標宙域に接近していた。現在、通常空間にいる。探知ステーションは厳戒態勢だ。あらゆる手段を駆使し、カルタン人のかくれ場を探している。

乗員は、ここになにかが存在すると知っていた。それでも、なにも見つからない。これにより、非常に神経過敏になっていた。

正しい場所にいる……それはたしかだ。

問題はただ、カルタン人がまだここにいるのかということ。

「ひょっとしたら、とうにここをはなれたかもしれない」ウィド・ヘルフリッチが考えこみながらいった。「相手もおろかではないからな。かくれ場を見つけたきみたちが、援軍を連れてもどってくると踏んだにちがいない。この状況下では、かくれ場をうつすのがもっとも賢明だろう」

「かれらはここにいます」ポエル・アルカウンが簡潔に応じた。

「なぜ、そうとわかる？」ヘルフリッチが訊いた。「なにか感じるのか？」

女テフローダーは、ためらいがちにうなずいた。

ニッキ・フリッケルは、眉間《みけん》にしわをよせ、

「なにか盗聴したのなら、わたしたちに教えてもらわないと」と、告げた。「さ、話してちょうだい！」

「なにも具体的なものはありません」ポエルが腹立たしそうにはねつけた。「ただ、そこになにかがあると感じただけ。それだけです」

「つまり、まだ遠すぎるということね」ニッキ・フリッケルがいった。「それとも、あなたはちがう意見かしら？」

ポエル・アルカウンはスクリーンを見つめ、考えた。PIGの女チーフに対し、どう答えたものか。

《ワゲイオ》は、銀河辺縁の星々のない宙域にいた。この暗闇のどこにカルタン人の基地が存在するのか、まったく手がかりはない。

この基地に関する映像が浮かばない。そして、そのせいですべてが困難になる。最初の接触のさい、ダオ・リン＝ヘイを迎えいれた複数の老カルタン人のみ認識できたものの、その場所については、つきとめることができなかった。正確にいえば、そうする時間がまったくなかったのだ。記憶にのこるわずかな印象は、手がかりとして充分ではない。

ひょっとしたら、あれは人工のかくれ場……宇宙ステーションだったのか。あるいは、カルタン人がこの暗闇に惑星を見つけたのか。大昔に恒星からはなれ、永遠の暗闇のなかにまぎれこんだ惑星を。

どちらにしても、カルタン人の生存を可能にするため大規模な設備が必要だったはず……そして、その設備は探知できるにちがいない。

ところが、探知装置が反応しないのだ。わずかな徴候すら見られない。これもまた、たんにまだターゲットから遠すぎるという証拠ともいえる。

ポエル・アルカウンは悪い予感がした。これは、正しい説明ではない。この瞬間、パラ露の影響下にないものの、そこで待ちかまえている例のなにかを感じた。これは、実際に自分たちがそのなにかに、すでにずっと近づいたということをしめしている。

「ポエル！」ニッキ・フリッケルがせきたてる。「わたしは決定をくださなければならないのよ！　なにがあったの？」

「よくわかりません」女パラテンサーは打ちひしがれたように告げた。「思うに、わたしたち、ごく近くにいるのではないかしら。でも、保証はできません！」

「探知！」

ニッキ・フリッケルが急に振り向いた。

「ここになにかがあります」ダン・ピルカーが報告する。「すぐ目の前です」

「もっと正確に説明できないの？」ニッキ・フリッケルが、いらいらしたようすでいった。

「申しわけありませんが、ちいさなギザギザをどう説明すればいいので？」

「どのようなギザギザなの？」

「ギザギザが存在するはずのない曲線内のギザギザです」ダン・ピルカーが、挑発するようにおちつきはらって説明した。「これ以上は、残念ながら説明のしようがありません」

「でも、それは目の前にあるのね？」

「それについていえるのは、それだけです」

「距離は？」

「わかりません」

「すばらしい」ニッキ・フリッケルがつぶやいた。「ま、いいわ。その宙域を迂回して飛びます。そして、ダンはその奇妙なギザギザとやらに注意して。ひょっとしたら、そうすることでかくれ場をつきとめられるかもしれないわ」

船長が、ヘルマ・ティアオを一瞥《いちべつ》した。《ワゲイオ》乗員のだれもが、おそらくなにを相手にすることになるかを知っている。そして、だれもが、異常な事象に目を光らせた。マシンと乗員が突然、予想とはちがう動きをした場合、この状況下においては、カルタン人の関与が確実に推測されるだろう。この種のあらゆるデータが、自動的にヘルマ・ティアオに転送された。

ところが、ヘルマは無言のまま、かぶりを振っただけ。

そこで《ワゲイオ》は、コースを変えた。船は、亜光速で宇宙空間を駆けぬける。探知ステーションでは、乗員が期待に満ちて〝ギザギザ〟を探したが、ただときおり、出現するだけだった。

「われわれは実際、この〝ギザギザ〟になにか意味があるかどうかさえ、知らない」ダン・ピルカーの隣りにすわるメル・チャングがつぶやいた。「ひょっとしたら、ただの障害物かもしれないのに」

「それをわれわれが確認するのさ」ピルカーがなだめるようにいった。「憤慨している場合じゃないぞ……なんの役にも立たないから。目の前の装置に集中するのだな、若いの。それが、きみにもとめられるすべてさ」

「あとで、目薬のレティナクス4が大量に必要になりそうだ」メルがうなった。

「なんだって？」ピルカーが困惑して訊いた。

「忘れてください。ただの冗談ですから！」

それでも徐々に、〝ギザギザ〟が実際にただの障害物ではないと判明する。何度も見つかり、とうとう、どの宙域でその原因を探すべきかわかった。

「ほらね」ニッキ・フリッケルが満足そうにいった。「あのあたりのどこかに、かれらはかくれているのだわ」

「そもそも、カルタン人のかくれ場に到達したら、どうするつもりです？」ポエル・アルカウンが訊いた。頭のなかで〝万が一〟と、つけくわえる。到達できるとは思えなかったから。カルタン人にしては、あまりにもおとなしすぎる。あいかわらず、《ワゲイオ》船内の事象にかれらがプシオン性の方法で影響をおよぼした徴候もない。そのほか、なにも起きなかった。

「可能なかぎり多くの全知女性を捕まえる。そうしたら、大急ぎでここからはなれるのよ！」ＰＩＧの女チーフが平然といった。

ポエル・アルカウンは笑いをこらえた。それが、かなりおめでたい計画だと思ったから。

「気がかりなのは」ウィド・ヘルフリッチがおもむろにいった。「カルタン人がこんどは、どのような種類の防御バリアを展開しているかということ。まともな方法では探知さえできないような、なにかまったく特別なものにちがいない。かれらは、どこでそのしろものを入手したのか？　カルタン人の標準技術なら、われわれには既知のはずだ！」

「そこに行けば、わかるわ」ニッキ・フリッケルが辛辣《しんらつ》にいった。「いよいよ、搭載艇の出番ね」

船長は、ふたたび問うようにヘルマ・ティアオを見つめたが、彼女はやはりかぶりを振るばかりだ。

「あのネコたちがなにをするつもりなのか、知りたいものだわ」ニッキがつぶやく。ポエル・アルカウンを探るように見つめ、

「いまだに、なにも情報はないの？」と、訊いた。

「かれらをとらえられないのです」女テフローダーが応じ、ためらいがちにつけくわえた。「なにかを待っているような気がします」

「それは明白だ」ウィドが皮肉をこめていう。「われわれがあきらめて、撤退するのを待っているのさ。だが、それは誤算というもの」

ポエル・アルカウンはなにもいわない。できれば、声に出してはっきりいいたかった。実際に撤退し、全知女性たちをほうっておくようにと。

不快な思いで、発進した搭載艇が遠ざかっていくようすを見つめた。機体はちっぽけで、もろく見える。トスジャ・フェルゲンのことが頭に浮かんだ。あの若者は、ぜがひでも勇気のあるところをしめそうとしていた。

かれは出撃したのか？

ニッキは、この話題に二度と触れなかった。ポエル・アルカウンは思った。ふたたび、それについてたずねるには、もう遅すぎるにちがいない。

「いまだ、なにも」ヘルマ・ティアオが告げた。「搭載艇の操縦士に、ごくわずかな異常も見られません。すべて計画どおり、進んでいます」

ひょっとしたら、カルタン人はまったく動かないかもしれない。ポエル・アルカウンはあらたな期待をいだいた。そうしたら、ニッキはいつかあきらめるにちがいない。それこそが、だれにとっても最高の解決策のはず。

一瞬、カルタン人の秘密について考えた。それが知りたくてたまらない。とはいえ、力ずくでしか解明できないのであれば、知りたくはない。

いつの日か、ほかの方法で秘密を知ることができればいいのに……わたしひとりだけが。そう、ひそかに望んだ。カルタン人がみずから、打ち明けてくれればいいのだが。あの種族にこれほどの共感をいだいているわたしに。

しかし、それは夢にすぎない。

ポエル・アルカウンは、ためらいがちにパラ露の箱を開けてみた。この瞬間、だれもこちらに注意を向けていない。

ほとんどの搭載艇は、とうに肉眼では見えなくなっていた。スクリーン上に、特定宙域をかこむように分散した搭載艇がグリーンの光点を形成する。そこに、全知女性の基地がかくされているにちがいない。

「さらに近づいて！」ニッキ・フリッケルが小声でいい、だれかがその指示を搭載艇に伝えた。「はさみ撃ちにするのよ……でも慎重にね」

ポエル・アルカウンは、パラ露のしずくをひと粒つかんだ。一瞬、恐くなる。それでも、慎重に両手でパラ露をつつみこみ、目の前にかかげた。

流れこんでくる力を感じた……それでも、かくれ場のなかのカルタン人をいまだにとらえられない。もっとも、この瞬間、自分にとってそれもまた、まったく重要ではなかった。

〈わたしの話を聞いて！〉集中して思考する。〈わたしは、あなたたちの味方よ。なにも悪いことをするつもりはないわ。かくれ場のなかにとどまるのよ。動かないで。とりわけ反撃してはだめ。あなたたちがなにもしなければ、ギャラクティカーはあきらめるにちがいない。撤退するでしょう〉

カルタン人にこの心の声がとどいただろうか？

ポエルは、まったく反応を感じないものの、とどいたと確信する。

ほんのすこし、失望した。カルタン人がバリアを解除してくれるものと望んでいたから……ほんの一瞬であれ。全知女性は、このテレパシー・メッセージになんらかの方法で応じてくれるはず。そう思っていた。そうすれば、カルタン人がポエル・アルカウンの言葉をかならずしも信用していなくとも、真剣に受けとめた証拠になるのに。

パラ露のしずくは昇華したが、その効果はまだしばらくつづいた。ポエルはやや落胆したものの、盗聴を試みる。

そして、突然、なにかをとらえた。

〈〝ヌジャラの涙〟！　わたしは、過剰に摂取してはならない……〉

年老いたカルタン人の顔が浮かぶ。ところどころ、まるで火傷したかのようだ。パラ露のしずく数ダースを手にしている。痩《や》せこけたしわだらけの、毛のない手だ。指の先端からは、ひび割れた、いまにも裂けそうな鉤爪が伸びる。

〈気をつけて！〉ポエル・アルカウンは、高齢の全知女性に向かって思考で呼びかけた。

〈バリアに気をつけるのよ！〉

この瞬間、炎が見えた。炎は、ほんの数秒でパラ露をのみこんでいく。老カルタン人は、見ひらいた目で両手をじっと見つめていた。その口が開き、悲鳴があがる。

すると、映像が消えた。

ポエル・アルカウンは、全身が震えた。毛穴という毛穴から、汗が噴きだす。両手をじっと見つめるが、とくに変わったようすはない。

なんとなく、今回の炎は自分から出たものではない気がする。炎は、カルタン人を襲わなかった。なにかべつの力が働いている。それでも、女テフローダーははげしく驚いた。

自分のとった行動が、まわりを驚かせたかもしれない。そう気づいたときには、いささか遅すぎた。あわてて見まわすが、意外なことにだれもこちらに注目していない。

「全艇、ただちに帰還しなさい」ニッキ・フリッケルが叫んだ。「なんてこと、お願いだから、急いでちょうだい！」

スクリーン上のグリーンの光点があわてて動き、べつのスクリーンでは、宇宙船一隻が迅速に遠ざかっていくのがわかる。

それは、カルタン人の遠距離宇宙船だった。《マスラ》タイプだが、改造され、さらなる構造物が見られた。大あわてで、ギャラクティカーから逃げていく。

「あれが全知女性かしら？」ポエル・アルカウンが混乱して訊いた。

だれも答えない。《ワゲイオ》乗員はあまりに忙しかったから。ニッキ・フリッケルは怒り、搭載艇の操縦士数名を叱りつけている。ぐずぐずせずに、さっさと船長命令にしたがうようにと。この混乱のなか、ひとりヘルマ・ティアオだけがまったく平然とわったままだ。どうやら、いまだなにもすることがないらしい。ポエル・アルカウンは、彼女に近づき、

「なにがあったの？」と、訊いた。

「聞いていなかったの？」ヘルマが問いかえしながら、理解をしめすような笑みを浮かべた。「きっと、ちょうど盗聴していたのね？」

ポエルはうなずいた。

「搭載艇の一隻が、突然、攻撃をしかけたの」ヘルマが説明する。「あのフェルゲンは、頭がおかしくなったにちがいないわ。あらゆる命令を無視して、かくれ場のまったただなかにただ飛びこんでいったの」

フェルゲンか……そんな気がしていた。

「機体はコースから投げだされ、すると、全知女性があの船であらわれたのよ」ヘルマ・ティアオがつづけた。「船は、ただ突然、見えるようになったの。それから、動きはじめた……さてと、わたしたち、このシュプールをそうかんたんに見失わないようにし

ないと」

「で、フェルゲンは？」

「問題ないと思うわ。でも、問題はこれからでしょうよ。ニッキが、かなりおかんむりのようだから」

「それは感じるわ」ポエル・アルカウンがつぶやいた。とはいえ、実のところ、船長はトスジャ・フェルゲンに感謝してるはずだ
ニッキは、自分自身が全知女性の逃亡を誘発してしまうのではないかと恐れていた。それゆえ、彼女のその責任を肩がわりしてくれる乗員があらわれて、ほっとしているわけだ。

だが、ひょっとしたら、それは船長の思いちがいかもしれない……ちっぽけな搭載艇を恐れて逃げる、どのような理由が全知女性にあるというのだ？　もしかしたら……ポエル・アルカウンが短いテレパシー・コンタクトによって極度の恐怖をあたえてしまった結果、全知女性は安全なかくれ場をはなれ、逃亡したのではないか？　ま、それはないだろう。

《ワゲイオ》は搭載艇をすべて収容し終えると、全知女性のあとを追って疾走した。ニッキ・フリッケルが、ポエルに近づき、

「なにか、わかった？」と、訊いた。

「多くはありません」女テフローダーが応じた。

ニッキはため息をつき、

「あなたがパラ露を使うのを見たわ」と、待ちきれずにいった。「そして、成功したとわかったの。で？」

「全知女性のひとりにコンタクトしました」ポエルがしぶしぶ認めた。「とはいえ、ごく短時間だけ。彼女自身、ちょうどパラ露の力を借りてなにかしようとしていました……それがなんなのか、わたしにはわかりません」

ニッキ・フリッケルは怪訝《けげん》そうに女パラテンサーを見つめていたが、とうとう肩をすくめ、

「まもなく、わかるでしょう」と、いった。「こんどこそ、見失うものですか。全知女性たちと話し、秘密を語らせるつもりよ……たとえ、どんなことをしてでも！」

ポエル・アルカウンはなにもいわない。自分が疲れきっているのを感じた。自分たちを待ち受けていた虚空からは、もうなにも感じない。もっとも逃亡する全知女性からも、なにも感じられなかった。

4

逃走のようすから、全知女性が明らかにパニックに駆られているのがわかった。悪魔に追われるかのごとく、カルタン船が三角座銀河の辺縁宙域を疾走していく。そのさい、何度も針路変更を試みるも、あまりに見えすいた策動のため、《ワゲイオ》は労せず追跡できた。その後、カルタン船はマーカルの影響領域に逃れようとしたが、どうやら全知女性は、みずからの大胆さにおののいたようだ。というのも、次の瞬間、退却しはじめたから。全知女性たちは、一小恒星系にかくれようとしたが、《ワゲイオ》が数光日の距離まで接近すると、たちまち自制心を失い、かくれ場から出ていった。そのかくれ場が安全ではないというわけではなく……ギャラクティカーが一瞬たりとも、全知女性を見失わなかったから。

「援軍を数隻呼んで、追いつめよう」追跡が長引くのを好まないナークトルが提案する。

「われわれだけでも、やりとげてみせるさ」かならずしも辛抱強さの手本にはならないウィド・ヘルフリッチが、うなるように応じた。「船首の手前に数発撃ちこんでやれば、あきらめるさ。いずれにせよ、相手はすでに恐怖のあまり半狂乱だから!」

「そうね」PIGの女チーフがうなずいた。「まさにそれゆえに、武力行使はできそうもないわ。予測不可能な動きで逃げまわっているから、こちらの砲撃のまっただなかに飛びこんでくるかもしれない。わたしには、そんな危険はとうてい冒せないもの」

ポエル・アルカウンは、船長のそばにすわったまま、全知女性の船からほとんど目をはなさずにいた。どれほど狩りに熱中していようとも、ニッキ・フリッケルが冷静だと知り、ほっとする。たとえ、ニッキの発言に完全には同意できないとしても。全知女性の幸福は、PIGの女チーフにとり、かなりどうでもいいようだ。重要なのはただひとつ、その秘密を知ることらしい。

乗員のだれもが、まるでおもちゃがその途中で壊れようと、自分のテディベアのおなかからなんの音がしているのか、ぜがひでも知ろうとする幼い子供のようだ。ポエル・アルカウンには、ときおりそう思えた。

カルタン人の秘密とは、どのようなものなのか? そもそも、これほどの興奮をもたらすほど、価値あるものなのか?

そして、この逃亡はあとどれくらいつづくのか?

まもなく終わりますように。ポエルはそう祈った。たった一度だけ、パラ露を使い、全知女性とじかにコンタクトをはかろうとした。

成功だった……とはいえ、この〝成功〟をくりかえすことになんの価値も見いだせない。

数分間、深い絶望にとらわれた。これまでの人生で感じたことがないほどの、深い絶望に。全知女性は、まもなくこの世の終わりが訪れ、滅亡という運命から逃れることができないと完全に確信しているようだ。逃亡は茶番であり、最後のむだなあがきだった。

ポエルは、ニッキ・フリッケルとこれについて話そうとした。ところが、船長はまともにとりあおうとしない。

「カルタン人があなたをだまそうとしているに決まってる」ニッキがついにいった。「きっと、かれらはまだすくなくとも決定的な切り札をかくし持っているはず。もう、あのカルタン人たちについてはよくわかったわ。かれらはあきらめない……けっして！」

ひょっとしたら、これに関しては船長が正しいのかもしれない。ポエル・アルカウンはそう思った……それどころか、そう切望したのだ。

カルタン人の宇宙船は、一恒星系内にふたたびかくれ場を探した。ギャラクティカーが《ワゲイオ》から監視するあいだ、カルタン船は、あわてたようすで次から次へとあてどなく惑星に近づいていく。女テフローダーには、これが前回とは役割を交換したゲームのように思えた。今回は《ワゲイオ》がネコで、カルタン船は必死に逃げ穴を探すネズミだ。そして、ネコはもう単独ではなく、仲間がいた。

ニッキ・フリッケルはすでに長いこと、この計画を練っていたにちがいない……いまようやく、ポエル・アルカウンはそう気づいた。

船長は、極秘任務としてコグ船を派遣し、その十隻は《ワゲイオ》よりも早く、目標宙域に到達していたのだ。もっとも、船は一定の距離をたもち、ただ遠くから監視していただけ。いまもなお、カルタン船を遠巻きにしている。十隻の探知システムが網をはりめぐらす。カルタン人はもうほとんど、そこから逃れられないだろう。

全知女性がこの十隻に気づいているとは思えない。カルタン人は、技術的にギャラクティカーにはとうていおよばないから。そして、コグ船はつねに対探知システムに守られ、飛行している。

カルタン人は、この恒星系において……ギャラクティカーの監視のもと……かくれ場を見つけるのをあきらめ、ふたたび逃げだした。

カルタン船の脱出は不意に訪れた。それと同時に、メル・チャングが武器を手に探知ステーションに向かい、目にしたすべてを撃った。怪我人が数人出たものの、奇蹟的に死者はいない。

「これは、明確な警告です」ポエル・アルカウンが興奮をあらわに、ニッキ・フリッケルに向かって告げた。「追跡をこれ以上つづけるわけにはいきません。全知女性たちは追いつめられているのです。どうやってもわれわれを追いはらうことができなければ、なにをしでかすかわからない。なにか恐ろしいことが起こるのではないかと心配です！」

「そうね」ニッキ・フリッケルが考えるように応じた。「《ワゲイオ》は追跡をやめて、連中をすこし泳がせることにしましょうか。カルタン人は、わたしが望んだとおりの場所、コグ船団の監視範囲内にいる……そろそろ、あらたなかくれ場を見つけてもらいましょう」

ポエルはあっけにとられ、PIGの女チーフをじっと見つめた。いまは、ふたりきりでニッキのキャビンにいる。この会話の目撃者がだれもいなくてほっとした。

「この展開を予測していた、それどころか、計画したとでもいうつもりですか？」女テフローダーは狼狽《ろうばい》して訊きながら、医療ステーションに横たわるダン・ピルカーとほかの乗員四名のことを考えた。

ニッキ・フリッケルは、女パラテンサーから視線をそらし、

「なにか、飲み物がほしい？」と、たずねた。

「けっこうです」ポエルがすげなく応じた。「ほしいのは、わたしの質問に対する答えだけ！」

ニッキは唇を噛みしめ、とうとううなずきながら、

「そのとおりよ」と、つぶやいた。「いいえ、予想していなかったし、なおのこと、計画したわけでもないわ……実際のとおりにはね。とはいえ、似たような事態は期待していたの」

ポエル・アルカウンは、船長を見つめた。言葉が見つからない。

「いまいましい、実際、あなたはなにが望みなの？」しばらくして、ニッキ・フリッケルが腹立たしげに訊いた。「あなただって、秘密を知りたくてたまらないわけでしょう？　それとも、ちがうとでもいうつもり？」

「いいえ」ポエルがつぶやいた。「でも、こういうやりかたではなく……」

「ほかにどうしろと？」ニッキが言葉をさえぎる。「どうするべきだったというの？　全知女性のところまで飛んでいって、あなたたちのかくしごとを知りたいから教えてください、とでもたのめと。全知女性たちは、とてつもなく長いあいだ秘密を守ってきた……わたしたちがかれらの銀河に到達するよりずっと前から。ほとんどのカルタン人は、全知女性が存在するなんて思いもせず、種族の秘密についてもまったく聞いたことがないはず。あの全知女性たちがみずから明かすことは、なにひとつないわ。なにかを聞きだすためには、彼女たちを苦境に追いこまなければ。まさにいま、そうしているようにね」

「で、わたしたちが支払う代償は？」ポエル・アルカウンが辛辣にいった。

「いまのところ、たいしたことは起きていないわ」ニッキが冷ややかに応じた。「乗員のうち五名がかすり傷を負っただけ。完治しないようなものではないわ。あなたの懸念がそれだけならば……」

「それが、すべてではありません」ポエル・アルカウンが応じた。突然、自分が冷静になったことに驚く。「そもそも、あなたはどのような危険を冒しているのか、よく考えてみたことがありますか？」

「もちろん、あるわ」ニッキ・フリッケルが応じる。その声は突然、疲労の色を帯びたように聞こえた。「でも、この件においては、危険なしではなにも得られない。カルタン人がなにをわたしたちにかくしているのか、探りださなければ。なにか重要なことよ。そう感じるの。何物も、いまのわたしにこの問題の追及をやめさせることはできないわ」

「彼女たちをそっとしておいたほうがいいのでは？　そうしても、いつか、わたしたちは秘密を知るでしょう」

「そうは思わないわ。全知女性たちにかくれ場を探す機会をあたえるつもりよ。真実が明らかになるまで、彼女たちをそこで拘束します」

「で、もし全知女性が援軍を呼んだら？　あなたは、ただ好奇心を満たしたいがために戦争を引き起こすつもりですか？」

「彼女たちが援軍を呼ぶことはないわ。仲間に気づかれることをあまりに恐れているから。その理由をわたしも知りたいものだわ」

ポエル・アルカウンはわかっていた。ニッキ・フリッケルを非難したところで、なんにもならない。PIGの女チーフは、いずれにせよ、自分の話を聞かないだろう。それでも、注意深く、好機が訪れるのを待つことにした。全知女性と話す機会が見つかればいいのだが。

＊

数日が経過した。

すると、全知女性の船がすでに着陸したという知らせがとどく。

「ほらね」ニッキ・フリッケルが満足そうにいった。「さ、捕まえたわ！」

ポエル・アルカウンは、それについてはまださほど確信していない。

まもなく《ワゲイオ》が目標宙域に到達した。PIG部隊は一恒星系を封鎖し、カルタン人の探知装置の有効範囲外で待機する。《ワゲイオ》もまた、距離を置いた。

この星系は、カルタン人にとり未知ではない。ネコ型生物はこれをニュレロと名づけ、ギャラクティカーはこの名称を自分たちの星図に借用した……M‐33の多くの名称のように。

ニュレロ星系には十二の惑星があり、全知女性は第三惑星に着陸していた。惑星は……これまで知るかぎり……無人だ。つまり、ニッキ・フリッケルはすくなくとも、ある意味正しかったわけだ。全知女性は、かならずしも、ほかのカルタン人植民地を訪れたいという衝動に駆られなかったのだから。とはいえ、それはもちろん、全知女性たちがいつの日か、考えをあらためないという保証にはならない。

「搭載艇を使うわ」ニッキが考えこみながらいった。「全知女性たちには当面、ふたたび追いつめられたことを知らせる必要はないもの」

「手遅れにならないうちに、気づくだろうよ」ウィド・ヘルフリッチが暗い声でいった。

「彼女たちの能力で……」

ニッキ・フリッケルは、問うようにポエル・アルカウンを見た。

「コンタクトがとれません」女パラテンサーがそっけなく告げる。

これは、完全な事実ではない。あまりの恐怖で、試みることができないのだ。

「おそらく、全知女性たちは目下のところ、自分たちのことで手一杯なのではないかしら」ニッキが肩をすくめていった。「そもそも、追っ手を振りきったと思っているにちがいないわ。つまり……わたしたちの出現にかならずしも目を光らせてはいないと思うの。それゆえ、こちらにかなりの分があるわ」

船長の推測があたっていると仮定しての話だが。ポエル・アルカウンは思った。

とはいえ、いずれにせよ、それは現場で確認するほかないだろう。

自分たちは、この件にすでにあまりに深く食らいついてきた。

いまとなってはもう、引きさがるわけにはいかない。

ポエル・アルカウンはそうわかっているがゆえに、恐かった。

搭載艇は出発した。ポエル・アルカウンは、そのうちの一機に乗っている。宇宙のほかのどこかに行けたらいいのに。ここニュレロ星系でなければ、ほかのどこでもかまわないから。

5

ヴァイ・シン＝ヘイは歳をとり、歳月の重みをからだの節々で感じていた。

かつてまだ若かりしころは、大型宇宙船で任務についたものだ。パラ露の回収を手伝い、マーカルを相手に戦った。

荒々しい時代だった。

いつしか、戦いが終わった。ヴァイ・シン＝ヘイは歳を重ね、おだやかになった。それはべつとして、充分な傷跡がのこった……からだだけでなく、心にも。

あまりに多くのパラ露を……

〝ヌジャラの涙〟には、奇妙な特性がある。このちいさなしずく形の構造体は、超感覚的才能に恵まれたカルタン人の能力を向上させるだけでなく、頻繁な摂取により、時間の経過とともに潜在意識の境界を切り崩す。これが生じたカルタン人は、パラ露の継続的な摂取により、のこりの生涯において夢の世界におちいる危険がある。

換言すれば、理性を失うのだ。

ヴァイ・シン＝ヘイはすでに、パラ露とはきわめて慎重につきあうすべを学んでいた。その能力は格別で、それゆえ、高位女性に仕える外交官として勤務するため、惑星カルタンに招聘《しょうへい》された。

そのさい、ダオ・リン＝ヘイと出会い、弟子に迎えたのだ。

ヴァイ・シン＝ヘイは、つねにきわめて現実的に思考するカルタン人だった。自分の能力を過大評価することなく、みずからにあたえられた役割に非常に満足していた。仕事柄、ごく頻繁に高位女性のそばで接したものだ。彼女たちの決定をときおり、いささか不可解に思ったが、けっして疑問を投げかけることはなかった。自分にも高位女性の職務がまっとうできる。そのような考えにいたったこともない。

だが、ダオ・リン＝ヘイに関しては、いささかちがった。

ヴァイ・シンは、最初に出会ったときから、この若いダオ・リン＝ヘイにはとてつもなく有望な未来が待ちかまえていると確信していた。そのことを、ダオ・リンに直接感じさせたことは一度もない。ヴァイ・シン＝ヘイが自分の弟子のために便宜をはかったと、だれかにいわれることもなかった。

ヴァイ・シンは、自分の弟子が《マスラ》の庇護者になったとき、非常に誇らしく思ったものだ。

ところが、ダオ・リンは成功裡《り》に終わったある作戦行動のあと、突然姿を消した。

もちろん、ヴァイ・シン＝ヘイはひそかに調査させ、自分の弟子が極秘任務を受け、工廠《こうしょう》惑星ヴァアルサに派遣されたと知る。これには、考えさせられた。のちに、ダオ・リンがラオ＝シンの若い植民地における指揮を引き継いだと耳にする。ヴァイ・シンは、自分の弟子がこの難儀な大役を立派にはたしたと知り、非常に満足だった。

ヴァイ・シン＝ヘイは、この吉報により、よる年波とも容易に折りあいがつきそうな気がした。自分にはひとりも子供がいない。これまでの不安定な生活において、家族を持つ機会には恵まれなかった。すぎ去った日々を振りかえると、ときおりこの点が残念に思えてならない。

それでも、総じていえばわが人生に満足していた。心のこりは、たいして多くはない。多くを見聞きし、体験し、達成したもの。それに、ダオ・リンは、自分がけっして恵まれることのなかった娘がわりともいえる。

ただ、ときおりヴァイ・シン＝ヘイの心が痛むのは、二度とダオ・リンに会えないのがほぼ確実だということだ。

ラオ＝シンまでの道のりは果てしなく、その距離を想像するのも困難だ。植民地ラオ＝シンを望みどおりの規模に発展させるために、カルタン人種族が引き受けなければならない労苦は、とてつもなく大きい。そして、そのさい克服しなければならない最大の課題は、物資とカルタン人の輸送だった。そのため植民地からこちらへは、情報のほかにはほとんどなにも運ばれない。〝向こうで〟緊急に必要とされる、有能な若いカルタン人についてはいうまでもない。

ヴァイ・シン＝ヘイは、これらすべてを承知していた。ダオ・リンが二度ともどることがないのも明らかだ。万一、彼女がラオ＝シンで失敗するようなことがあっても……もちろん、それはヴァイ・シンがもっとも望まないことだが……惑星カルタンにもどされることはないだろう。そのような場合、あまりきつくないほかのポストに異動させられるだろうから。ここに呼びもどされることはない。

ヴァイ・シンは、長年にわたり、自分の弟子について吉報ばかりを得られることがうれしかった。一方で、自分自身はますます年老いていく。そして、年をへるとともに、寂しさがつのった。

自分の役割をはたすには、すくなくとも精神的にはまだ充分にやっていけることにほっとしていた。身体的には、それほどいい状態とはいえないが。夢のなかで、たびたび青春時代にもどることがある。困ったものだ。目がさめた瞬間、夢と現実の区別がつかなくなって、当時していたように、ベッドから跳び起きてしまうことがしばしばあるから。ますますかたくなる関節がこれに反応し、苦痛をともなう抗議の声をあげる。その結果、青春とすぎ去りし時代のわずかな夢のために、何日間にもわたって代償をはらうはめになった。この報いが要求するのは、痛みと落胆に苦しめられ、じっと動かずにすごさなければならない無限の時間だった。

そのようなとき、ますます頻繁にダオ・リンに思いを馳せた。彼女と会って話すことができたら、どんなにいいか……ただ一度でいいから。

そのような再会のチャンスはないも同然だ。それはわかっている。ダオ・リン＝ヘイが帰還する見こみがないという問題だけではない……この年老いたヴァイ・シンを果てしない深淵を乗りこえて運ぶ覚悟のある者は、ほとんどいないだろう。ヴァイ・シンにとり、その旅のゴールは、おそらく死でしかありえないのだから、なおさらだ。すでに非常に高齢なのだから。

ごくわずかなカルタン人しか、これほどの高齢に達することはない。ヴァイ・シンは、それをわかっていた。自分のような高齢のカルタン人についていわれている話も知っている。つまり、ある一定の境界をこえると……それが何歳であれ……非常に長い寿命をさらに得ることができるというものだ。

この話には、まちがいなくたしかな根拠があるはず。それは、統計に裏づけられたものだろう。圧倒的多数のカルタン人は、ある年齢を超えられない。それでもこれを超えた者は、実際にほとんどの場合、さらにかなりの歳月を生きられる。

ヴァイ・シン＝ヘイには、さらなる寿命を望むべきかどうか、確信が持てないときがあった。

もちろん、なにひとつ不自由はない。いまだに大きな影響力を持ち、人々は特定の問題に関して、彼女に意見をもとめることを重んじている。ひとりきりになることも、めったにない。ヴァイ・シン＝ヘイのような同胞に仕えて敬意を表することを、名誉にかけてはたすべきものとみなすカルタン人が充分にいたから。ヴァイ・シンはいまだに見る目があり、勘も鋭い。そして、男女志願者のなかから彼女自身が選んだどの若いカルタン人にとっても、ヴァイ・シン＝ヘイに仕えることは、たいてい、ほかの責任の重い職務への踏み台となった。彼女は、ダオ・リンだけのすぐれた師ではなかったのだ。

もっとも、ダオ・リンは特別な存在だった。ヴァイ・シンはそうと知っていたし、ほかの者をダオ・リンとくらべるのはまちがいだとわかっている。それでも比較してしまいがちな自分と必死に戦い、これはまったくうまくいった。

とはいえ、ダオ・リンと話したくてたまらない。そう思う瞬間があった。

ヴァイ・シンは、長年〝ヌジャラの涙〟に触れることがなかった。最後にパラ露に触れたのは、もうずいぶん前のこと。すでに、かなり現実味がなく、ほとんど夢のように思える。彼女はいまもなお、すぐれたエスパーであり、パラ露の力を借りて能力を高めたくてたまらなくなる瞬間が何度もあった。

〝ヌジャラの涙〟は、以前から不足していた。浪費は許されない。これは、ラオ＝シン入植地の建設により、ますます重要となった。それでも、ヴァイ・シン＝ヘイならパラ露の入手が可能なはず。実際に、これをためしてみたことがある。ときおり、わずかなパラ露が弟子たちのために必要だったから。つねに、しずくはただちに手わたされ、あとから用途を確認されたこともない。しずくを自分自身のために使うのは、容易だっただろう。だれもそうとは気づかなかったはず……彼女がこれを悪用するはずがないと信じられていたから。それでも、ヴァイ・シンがこの無数の機会を利用することは一度もなかった。

自身の能力向上のためにしずくを利用するのをあきらめさせたのは、恐れではなく、自制心だ。

ヴァイ・シン＝ヘイは、あらゆる点において模範的カルタン人だった。無理強いされたのでも、そうするほかなかったわけでもない。信念のせいですらなかった。

彼女はそれゆえ、模範的カルタン人だったのだ。それが人生の信条と一致したから。種族の掟にもしたがった。したがわないことが不自然であるように思えたから。

ヴァイ・シン＝ヘイは、そのせいでみずからを危険にさらすことになろうとは、夢にも思わなかった。だが、まさにそれが現実となったのだ。

＊

荒天の寒い晩だった。町は雪と霰《あられ》のなかに沈み、郊外の岩山に近いこの周辺地区では、歩行者用道路も路面車輛用道路もすでに何時間も前から通行止めになっていた。峡谷の〝塹壕〟内では、昼下がりから赤外線放射装置が点灯していた。ヴァイ・シン＝ヘイには、それが暗赤色のしみに見えた。ほとんど水平に漂う雪と霰のヴェールの向こうで、光は奇妙な心地よさをあたえるかのように、かすかに点滅している。家の周囲では嵐が吠え、ときおり鋭い口笛と化し、突然、雹《ひょう》の嵐がスタッカートを響かせて、テラスの上のひさしを震わせる。

ヴァイ・シン＝ヘイは、窓辺のベッドの上で休んでいた。テラスに面した窓から、新鮮な冷気が吹きこむ。くつろいだ気分で、眠い。

ほとんど気づかないうちに、夢の世界に滑りこんだようだ。またしても、遠距離宇宙船内にいた。目の前にパラ露のはいった箱がある。〝ヌジャラの涙〟をひと粒手にとると、力がみなぎるのを感じた。

すると、呼びかける声が聞こえる。

〈ヴァイ・シン＝ヘイ！　アルドゥスタアルがおまえを呼んでいる。われわれのところにくるのだ。おまえに道をしめす者を信じよ！〉

非常に力強い呼びかけだ。夢のなかとは思えないほど。

突然、目がさめた。

窓が、大きく開いている。嵐が押しあけたにちがいない。

迷いこんだいくつかの雪片が宙を舞う。

ヴァイ・シンは呼び鈴を手探りし、突然、家のなかにひとりきりだと気づいた。手をひっこめ……そして、ここにあるはずのない物体にあたる。

それを手にとり、数秒ほどじっと見つめる。そして、ようやくわかった。

パラ露だ！

一瞬、弟子のだれかが不注意で箱を置きわすれたものと思った。だれもがきょうは大あわてだったから。絶対に見逃すわけにはいかない催しものが町で開催されたのだ。そして、急ぐあまり……

いや、それはありえない。きょうはだれも、パラ露を使っていない。ヴァイ・シンはたしかに高齢だが、記憶力については申しぶんなかった。この手の重要なことを忘れるはずがない。おまけに弟子たちは、ヴァイ・シンがもう〝ヌジャラの涙〟の摂取を許されてはいないことを知っていた。だれも、そのような箱を老カルタン人のベッドのそばに置きざりにしないだろう……しかも蓋を開けたままで。

ならば、なぜこの物体はここにあるのか？

夢のなかの反響のように、呼びかける声がふたたび聞こえた。

〈ヴァイ・シン＝ヘイ、われわれのところにくるのだ！　アルドゥスタアルには、おまえが必要だ！〉

これは、夢ではない。

実際に声が聞こえる……耳ではなく、頭のなかで。

驚いて、両手を見つめるが、もちろん、パラ露は跡形もなく消えていた。〝ヌジャラの涙〟は、プシオン・エネルギーの固体形にほかならない。跡形もなく消えるのは、人がそれを……

物音がする！　ヴァイ・シン＝ヘイには、嵐の咆哮《ほうこう》さえさしおいて、はっきりと聞こえた。ごく近くだ。

だれかが家に侵入したようだ。不自然な方向からわずかな空気が流れこみ、ドアカーテンの薄い金属リングをごくしずかに鳴らす。招かれざる客が家のなかを進むと、金属リングの音がふたたび聞こえた。

ヴァイ・シン＝ヘイは慎重に起きあがった。いつもより楽に感じる。これには驚いた。密やかな訪問者はすでに隣りの部屋にいるようだ。ドアカーテンが一瞬、ごくわずかに動いたせいでそうとわかる。訪問者からはなにも聞こえず、なにも感じない。完全に音をたてずに動いている。この侵入者をプシオン的にとらえるのは不可能なようだ。

ヴァイ・シンは、ただ待つのではなく、危険に……実際そうであるなら……立ち向かうことにした。

「おはいり！」声に出していってみる。

しばらく、沈黙がつづいた。ヴァイ・シンは努力したものの、驚いたようすのインパルスはまったくとらえられない。訪問者は心にやましいところがないようだ。おちついている。

カーテンがはねのけられ、男カルタン人がひとり、部屋にはいってきた。

「あなたを驚かせるつもりはありません」訪問者が告げる。

ヴァイ・シンは、注意深く相手を見つめた。まだかなり若そうだ。非常に姿勢がいい。なんとなく、傲慢に見えた。そのほか特徴はない。ヴァイ・シンがいまもなお、相手の感情をとらえることができないのはべつとして。思考については、いうまでもない。

「なにをしにきた？」とうとう、訊いてみた。

「命令を受け、あなたを迎えにきたのです」相手が応じた。

「何者だ？　だれに遣わされた？」

「命令により、それはお伝えできません」男カルタン人が平然という。

ヴァイ・シン＝ヘイは、まったく理解できずに相手をまじまじと見つめた。

やはり、ただの不注意だろう。そう思った。だれかが、この箱をただたんに忘れていっただけ。夢のなかで、わたしはそのなかに手を入れ、〝ヌジャラの涙〟をとりだした。いくつだったか？　いまとなっては、それもどうでもいい。事実は、わたしがいまその代償をはらわなければならないということ。これもまた夢にすぎない……でも、もう夢と現実の見わけがつかないのだ。

「わたしをどこに連れていこうというのか？」ヴァイ・シンは訊いた。

「あなたに呼びかけた人々のもとに」男カルタン人は応じた。

「なぜ、呼びかけを知っている？」ほとんどいい終わらないうちに、そう訊いた自分に腹が立った。夢のなかの相手にそのようなことを訊くのは無意味というもの！

「あなたを迎えに行く時間だと告げられたのです」男カルタン人が応じた。「準備はよろしいですか？」

「なんのための？」

「ここを出ていく準備です」

いままでに見たなかで、もっともおかしな夢だ。だんだん、わかってきた。なぜ、〝ヌジャラの涙〟についてあれほどきびしく警告されてきたのかを。

「いや」彼女は告げた。

「なぜです？」カルタン人が、驚きを微塵《みじん》も見せずに訊いた。

この男には感情がないように見える。冷酷ではないが、無関心なのだ。いまだに、相手がなにを考えているのか、あるいはなにを感じているのか推測できない……おそらく、なにも考えても感じてもいないのだろう。

「よく聞きなさい」ヴァイ・シンが告げた。「これはただの夢かもしれないが、この家を出ていくつもりはない。なにをしようとむだだ……わたしの気持ちを変えさせることはできやしないから」

興味津々《きょうみしんしん》で、相手の反応を待つ。なんらかの手を打つにちがいない。ところが、男はただそこに立ち、待つばかりだ。

〈かれについていくのだ!〉

縮みあがった。ふたたび、頭のなかであの声がしたのだ。もちろん、これもまた、夢の一部にすぎない。それをけっして忘れてはならない。

「いいえ!」ヴァイ・シンは、かっとなって叫んだ。「行くものか! この夢のなかで家を出たりしたら、どこにたどりつくのか、わかったものではない。すくなくとも、帰り道が二度と見つからないのはわかる」

男カルタン人は、こちらを注意深く見つめている。すると、近づいてきた。白いユニフォームのポケットからたいらな小箱をとりだし、それをさしだす。

突然、はっきりわかった。最初の箱も、まったく同じ出どころなのだ。このカルタン人がここに忍びこみ、わたしが寝ているあいだに〝ヌジャラの涙〟を無理やり押しつけたということ。

小箱を相手の手からたたき落とす。箱が毛布の上に落ち、開いた拍子に、パラ露のしずくがいくつかこぼれた。ヴァイ・シン゠ヘイは反射的に動いたが、意図したのとは逆の結果となる。遠ざけるかわりに、〝ヌジャラの涙〟がこちらに向かってまっすぐ転がってきたのだ。しずくのひとつが手にあたる。接触を避けようとしたが、男カルタン人が突然、おおいかぶさり、押さえつけられた。

必死に抵抗するも、のこりのしずくも確実に標的を見つけただけだった。

二度と、この夢からさめることができないだろう。しずくが昇華しはじめたとき、ぞっとしてそう思った。

〈これは夢ではない！〉

こんどは、とても大きく、きびしい声だ。それは、ヴァイ・シンの頭をナイフのように切り裂いた。

〈かれについていくのだ！〉声が命じた。〈この呼びかけにしたがうことを拒否する者はひとりもいない。おまえにあたえられるのは、大きな名誉だ。全知者の一員となるのだから！〉

それでも、わたしはあっさり出ていくわけにはいかない。弟子たちがわたしを探すでしょう。みんなと話し、説明しないと……

〈説明することなどなにもない。それは高位女性が解決しよう。おまえは、重要な任務をはたすため、召喚されるのだ。だれも疑問に思わないだろう〉

あなたはだれです？

〈〝全知者の声〟だ。われわれは、十八名のカルタン人の全知女性で、十八名を維持しなければならない。ところが、メンバーのうちのひとりがまもなく死ぬ。おまえは、彼女のポジションを引き継がなければならない。おまえは、それができる唯一の存在だ。急ぐのだ。時間がない！〉

声がやんだ。男カルタン人はヴァイ・シン＝ヘイを解放し、一歩下がる。彼女は、相手の存在をほとんど忘れていた。自分の手をじっと見つめる。パラ露は消えていた。

これは夢だろうか？

それについては、もうあまり自信がない。夢のなかとは思えないが。もちろん、危険はまさにそこにある。とはいえ、これが夢であるならば……

全知者。

全知者、そして全知女性とは何者なのか。なぜ、そう名乗っているのか？　なにを知っているというのか？　彼女たちはどこにいるのか？　なぜ、これまでなにも聞いたことがないのか？

名誉があたえられるだと？

ひょっとしたら……ひょっとしたら、それもまたちがうのかもしれない。ひょっとしたら、これは不治の狂気のはじまりかもしれない。

一方……まだ若かりしころ、みずからが呈《てい》した疑問を思いだす。けっして答えを得ることのなかった疑問だ。ある秘密に触れてはならないという戒めをべつとして。

全知女性は、その答えを知っているのだろうか？

ヴァイ・シン＝ヘイには、みずからをあざむく習慣はない。信心深くもない。すべての謎が解かれるという死後の世界を信じていない。自分の知らない真実があるならば、手遅れになる前に、いまそれを知りたいのだ。自分にのこされた時間はさほど多くはない。人生のほとんどの道のりをすでにへてきた。目の前につづく道は、それゆえ短いにちがいない。すべての答えをそこで見つけるには、あまりにも短い。手を貸してくれるだれかを見つけないかぎりは。答えを知るだれかを。

ひょっとしたら、それは全知女性なのかもしれない。

もし、全知女性など存在しないとしたら？　これがおかしな夢の一部にすぎないとしたら？

ヴァイ・シン＝ヘイは、結論にいたった。すくなくとも、ためしてみなければ。事故は起きた。もうとりかえしがつかない。自分はパラ露を使ってしまったのだ。それには好ましい面もあり、それは否定できない。強くなった気がしていた。痛みは消えた。ずっと容易に動ける。ほとんど生き生きとした気分だ。

「なにも持っていく必要はありません」男カルタン人が告げた。「すべて提供されますから」

ヴァイ・シンは相手を見あげ、なぜその思考も感情もとらえられないのか、突然わかった。この男はパラ不感者なのだ。全知女性たちがよりによってパラ不感者をヴァイ・シンの迎えによこしたのも、納得がいく。

秘密は保持されなければならない。それを知るのは全知女性のみで、選ばれし者、すなわち全知者に属すべき者だけだ。その点、パラ不感者は、その者が知るべきではない事柄をなにひとつとらえることができない。

ヴァイ・シン＝ヘイは、この思考過程が非常に論理的だと思った。すべてが現実であり、実際の出来ごとに思えてくる。この確信が強まるにつれて、まったく目だたずにここから消えさることが重要だと、ますます明らかになった。

弟子のうちもっとも力の弱いエスパーにさえ、すくなくとも疑念をいだかせてしまうほど、ヴァイ・シンは興奮し、期待に満ちていた。そう考えて驚く。意図せずして、なにかを明かしてしまうことが、どれくらい容易なことか！

全知女性は、裏切り者をどうするだろうか？

たしかに全知女性はかならずしも、秘密をわたしとわかちあいたくてうずうずしているわけではないだろう！

「行きましょう！」ヴァイ・シンが声をかけた。

男カルタン人はなにもいわずに踵《きびす》を返し、先頭に立って歩きだした。

ヴァイ・シンは、遅れをとらずについていこうとはしない。もう長いこと、自分のからだがあまり強くはないと感じていた。

驚いたことに、なにかを持っていきたいという衝動にも駆られなかった。この家は、思い出にあふれている。数十年、ここで暮らし、いつの日か、この家で生涯を終えることを疑ったためしがなかった。だがいまは、かつてないほど死を遠くに感じていた。年月がその意味を失ったのだ。

この家に二度ともどることはないだろう。それは明らかだ。それでも、後悔もわずかな哀愁も感じずに、出ていく。

ヴァイ・シン＝ヘイにとり、これは別れではなく、はじまりだった。未知の岸への旅立ちなのだ。

6

ヴァイ・シン＝ヘイを全知女性のもとにとどける宇宙船の乗員は、パラ不感者のみだった。

以前は、パラ不感のカルタン人社会をつねに恐れたもの。彼女は、幼少期から非常にすぐれたエスパーであり、つねに他者の思考と感情を把握することに慣れている。それができないカルタン人に遭遇した場合、不安になるのだ。これは年齢を重ねるごとに悪化した。すぐれたエスパーとして、ほとんどいつも同類とともに働いていたから。多くが語られることのない状況に慣れきっていたのだ。だが、パラ不感者の場合、事情がちがった。その礼儀作法は、ヴァイ・シン＝ヘイにはきわめて無骨に思えたもの。

だが今回は、すべてがちがう。パラ不感者といっしょにいても、まったく苦にならない……正反対だ。

移動中、毎日パラ露をあたえられ、ヴァイ・シンはこれを使った。あらゆる不安が拭《ぬぐ》われていく。このすべてが夢ではない。現実だ。いつでもこれを確認し、証明することができる。

ほとんど毎日、全知女性が話しかけてきた。話の内容は、いつも同じもの。ヴァイ・シン＝ヘイは、自分のあらたな任務をつねに意識し、秘密を保持するようにと告げられた。

ほかのなにも頭になかった。

この船のカルタン人が全知女性の秘密をどれくらい知っているのか、まったくわからない。それでも、乗員がほとんどなにも知らないという前提でいる。これを確認するすべはなく、あえて質問もしなかった。いずれにせよ、乗員とはほぼ接触がない。ほとんどいつも、自分にあてがわれたキャビンから出なかったから。食事は、パラ露同様にキャビンまで運ばれてきた。

ときおり、船内を歩きまわり、ふたたび、宇宙船という慣れ親しんだ雰囲気に触れたいという思いに駆られる。あらたに目ざめた力が、そのような散歩をきっと大きな楽しみに変えるだろう。

それでも、いまいる場所にとどまった。自分にいい聞かせる。いずれにせよ、この船においては、宇宙船によってかき立てられる魅力を感じない。船内にはひとりのエスパーもいないし、乗員はかなりそっけない態度だ。

旅が進むにつれて、ヴァイ・シン＝ヘイは自分のあらたな役割に没頭していった。

全知女性については、数日前にはじめてその存在を知ったばかりだが、すでにもう何年も前からコンタクトがあったかのごとく、親しみを感じていた。ますます、全知女性としての自覚が高まっていく。

秘密を守ることが自分の役割だ……ぜがひでも。

ヴァイ・シン＝ヘイがこれまでに知った唯一の秘密は、全知女性の存在そのものだった。そもそも、それはあまり多くはないが、自分にはそれで充分だ。

まもなく、ゴールに到達するだろう。

〝ヌジャラの涙〟のしずく数粒を手にとった。ほかの全知女性との対面にそなえ、自分を強化するためだ。

＊

その船は、《アルドゥスタアル》という重要な意味を持つ、美しい名だった。ヴァイ・シン＝ヘイがこれまでの旅ですでに経験してきたような建築様式の遠距離宇宙船だ。とはいえ、ごくあたりまえのことだが一連の特徴を持つ。なんといっても、全知女性の船なのだから。

《アルドゥスタアル》は、銀河辺縁の星々のないセクターにあった。はるか遠くの星雲を背景に、ただ一隻だけで浮かぶその船は、見つけにくい。特殊な防御バリアを展開しているようだ。それでも、いまはこのバリアを開けているため、その存在が確認できる。もっとも、カルタン人のきわめて感度のいい目でさえ、多くは見えない。遠い星々の光は、外殻の弱い反射を生じさせるにはほとんどたりないから。スクリーンにおいてのみ、明らかに賞讃に値《あた》いする船の姿が確認できる。

ヴァイ・シン＝ヘイは、ほかの全知女性が近くにいるのを感じた。そして、この感触からふたたびさらなる力を得る。ようやく対面できるのを、ほとんど待ちきれない思いだ。

彼女を家から連れだした、あの尊大な男カルタン人があらわれ、エアロック室のひとつに案内する。男は、いつものごとく無口だが、ヴァイ・シン＝ヘイはもう、これを無礼とることはない。男についていきながら、考えにふけった。

惑星フェリーで《アルドゥスタアル》に向かう。男カルタン人は、フェリーを降りない。ひょっとしたら、全知女性の船への立ち入りを禁じられているのかもしれない。ヴァイ・シン＝ヘイにはわからないが、それについて興味もない。

彼女にとって重要なのは、ただひとつ。ようやくゴールに到達したということ。

全知女性の船はしずかだった……すくなくとも、耳でしか聞くことができない者にとっては。

ヴァイ・シン＝ヘイには、あらゆる通廊に、壁にさえメンタル性のささやき声を感じとれた。声は、全知女性の秘密、古来の伝統、明るい未来について語りかけてくる。

ヴァイ・シン゠ヘイは、その仲間入りができることを非常に誇りに思った。

このささやき声の中心がどこにあるかを感じとり、いそいそとそこに向かう。《アルドゥスタアル》には、ふつうの意味での乗員がひとりもいないようだ。ロボット数体が歩いている。そのほか、通廊はがらんとしていた。それでも、新入りの老カルタン人はなんの不安もおぼえない。

船の中心部に、大きな円形ホールがあった。これが《アルドゥスタアル》の中枢だ……あらゆる点において。ここから船は操縦され、進んでいく。ここで、全知女性たちは一日の大半をすごすわけだ。

全知女性は十七名いた。だれもがヴァイ・シン゠ヘイのように高齢で、だれもが同じく、不気味な力に満たされ、秘密を永遠に守ると決意していた。

それだけではない。

必要とあれば、全知女性はこの秘密を墓場まで持っていくだろう。

ヴァイ・シン゠ヘイは当初、いささか驚いた。この思考がずっとささやきかけてくる。だが、実際は一瞬の出来ごとだった。そのとおりだと、確信する。全知女性は、あらゆる可能性を考慮にいれ、それにそなえなければならない。

《アルドゥスタアル》は無防備でないとはいえ、戦闘艦ではない。さらにまずいのは、カルタン人……同胞種族にも……全知女性の存在を知らせてはならないということ。つまり、万一の場合、救援を呼ぶことができないわけだ。《アルドゥスタアル》が攻撃された場合、みずからのメンタル性能力で必死に抵抗しなければならない。さもなければ、乗員もろとも破滅するしかない。全知女性のだれも、捕虜として敵の手に落ちるわけにはいかないから。

敵は充分にいた。同胞種族のメンバーさえ、敵に属する。

ヴァイ・シン＝ヘイはすでにこれらの思考を受け入れながら、全知女性たちのもとに向かった。ホールに足を踏み入れたとき、すでに集団自殺という考えが、自分のあらたな信念の確固たる構成要素となっていた。

ヴァイ・シン＝ヘイを迎える特別な挨拶はない。

全知女性数名だけが一瞬顔をあげ、排他的グループの新入りを見つめると、すぐにそれぞれの本来の任務にもどった。

ヴァイ・シンが、このふるまいについて驚くことはない。全知女性を無礼とも思わなかった。すべてがあまりに当然で、ごくスムーズに全知女性の環に順応する。まるで、ずっとここに属していたかのようだ。ほかの全知女性から託された任務のため、ほんのつかのま、留守にしていたかのごとく。いま、帰還したというわけだ。

ヴァイ・シン＝ヘイは、全知女性のうち数名を昔から知っていた。例外なく、高齢の女カルタン人だった。すぐれたエスパー、宇宙航行と戦闘におけるエキスパートであり功労者ばかりだ。そのうちのふたりには何度も会って話したことがある。それどころか、ひとりは昔からのごく親しい友だ。そのほかの三名は、すくなくとも顔見知りだった。

奇妙にも、ヴァイ・シン＝ヘイも知りあいのだれも、挨拶をかわし、すこしばかり昔話に花を咲かせたいという気持ちに駆られなかった。久しぶりに再会したカルタン人にとり、それがふつうだというのに。

一瞬、たがいに見つめあうが、ただそれだけだ。

いずれにせよ、このグループにおいて会話は皆無《かいむ》にひとしい。必要なものではないから。

とはいえ、全知女性たちはパラ露を使う。それもたっぷりと。貴重な〝ヌジャラの涙〟の在庫はつきることがないようだ。

ヴァイ・シン＝ヘイは思いだせなかった。いまだかつて、このように多くのパラ露を使ったことがあっただろうか。そして、ほかの全知女性はさらに多くを摂取している。

それでも、それについては考えないようにした。

〝ヌジャラの涙〟は、ここで浪費されるわけではない。とにかく、しずくの摂取が必要なのだ。それにより全知女性は、船が敵に発見されるのを防いでいる。そして、それはさらに多くのパラ露の消費さえ正当化するほど、充分に重要なもの。

全知女性は、なにも正当化する必要がないのはべつとして。

全知女性は、あらゆるカルタン人の頂点に立つ。高位女性をもしのぐ存在だ。だれにも、だれも全知女性を非難することは許されない。

だれも全知女性の存在について、またそのパラ露の摂取について、なにも知らないのだから、なおさらだ。

ヴァイ・シン＝ヘイは、まったくためらうことなく、席についた。そこには〝ヌジャラの涙〟がすでに用意されていた。最初のひと粒を摂取し、全知女性の使命に集中する。秘密を守りぬくという使命だ。

＊

このように日々がすぎていき、ヴァイ・シン＝ヘイはまもなく、日にちを数えなくなった。意味がないから。恐れからも痛みからも解放され、惑星カルタンにおける自分の任務をすでに思いだせない。

ときおり、《アルドゥスタアル》はカルタン人銀河からのニュースを配信した。なかには、明るいニュースもあった。

それによれば、パラ露を入手するのに、もう争いは起きないとのこと。ギャラクティカーは、貴重なプシ物質をカルタン人とわかちあうことを受け入れたらしい。そして、ラオ＝シン・プロジェクトはさらなる発展を遂げた。それはもちろん、全知女性の先見の明と英知によるものだ。

たった一度だけ、ヴァイ・シン＝ヘイは疑問をいだいたことがある。全知女性は実際、ラオ＝シンとどのような関わりがあるのか？　全知女性は、このプロジェクトにおいてなにをしたのか？　なんのために、任務の成功がみずからの功績とみなされるよう、あれほど配慮したのか？　なぜ、ラオ＝シン・プロジェクトは、そもそもそれほど重要なのか？　なにが、そこで準備されているのか？

それでも、これらの疑問はヴァイ・シンの脳内から消えた。まるで、宇宙の風が音もなく運びさったかのごとく。疑問が占めていた場所を、確信がとってかわる。

ラオ＝シンは重要なものだった。そして、全知女性がこのプロジェクトを開始したのだ。その理由は秘密として守られなければならない……つまり、とりわけ、それについて考えてはならないということ。

暗いニュースもあった。かなり頻繁に。

ギャラクティカーは、カルタン人の影響領域がそもそもかれらのくるべきところではないということをわかっていないようだ。かれらは何度もこちらの注意を引き、ますます、実際になにが狙いなのか、はっきりしてきた。

かれらが追いもとめるのは、全知女性の秘密だった。

ギャラクティカーには、なにも明かしてはならない！

ヴァイ・シン゠ヘイとほかの全知女性は、その手のニュースを知ったとたん、この考えにとりつかれた。まもなく、深く脳内に浸透する。つねにつきまとうようになり、寝ているあいださえ、支配されたもの。

ギャラクティカーに秘密を明かすくらいなら、いっそのこと命を捧げよう。

この考えもなじみのものとなる。

当初、全知女性たちはまだ恐れていた。いくら高齢であろうとも、命に執着していたのだ。

だが、全知女性の秘密にくらべれば、自分たちの命がなんだというのか？

いずれにせよ、もう多くの時間はのこされていない。

数年の歳月は多かれすくなかれ、重要ではない。それに、全カルタン人の幸福のために命を捧げるのは、名誉なことではないか？

恐れは消えなかった。死に対する恐怖は、そうたやすく克服できるものではない。それでも徐々に、全知女性は恐れを失っていった。

こうして、当初まだ恐怖心を吹きこんでいた可能性に対する考えは、全知女性十八名全員が共有する確信となった。

ギャラクティカーが、われわれの秘密を盗みにきたら、われわれは死ぬのだ。

十八名のだれも、その場合、全知女性の秘密がどうなるか、疑問に思わなかった。全知女性が秘密を墓場まで持っていったなら、その秘密は、カルタン人種族にとりほとんど役にたたなくなるだろう。それでも、全知女性のだれもこの件についてけっして頭を悩ませることはない。

全知女性の死は、必要なもの。この事実を認識するだけで充分だ。ほかのすべては些《さ》事《じ》にすぎない。

こうして、ギャラクティカーがやってきて、《アルドゥスタアル》の逃走がはじまった。

当初、ヴァイ・シン＝ヘイをつかのま、混乱させた出来ごとが起きた。ダオ・リン＝ヘイが《アルドゥスタアル》を訪れたのだ。

愛《まな》弟《で》子《し》を見たとたん、ヴァイ・シンの思考をおおっていた霧が晴れた。動揺すると同時に歓喜のあまり、全知女性の環をはなれる。

「ずいぶん久しぶりだな」ダオ・リンに話しかけた。「いつか、あなたに再会するという希望はとうに捨てていた。ここになにをしにきた？」

ダオ・リン＝ヘイは師を見つめた。とても驚いているようだ。それでも、ヴァイ・シンは、弟子の思考も感情もとらえることができない。まるで、ダオ・リンがパラ不感者になったかのようだ。とはいえ、ヴァイ・シンは、一瞬たりともそんなことは信じない。

ダオ・リンは、非常にすぐれたエスパーだ。ヴァイ・シンが、これまで彼女にまさったことはない。この点において……ほかの点においても……愛弟子にはとうていおよばないのだ。

「わたしも、全知女性のひとりなのです」ダオ・リンがとうとう口を開いた。「みなさんといっしょに行きます」

「いや！」ヴァイ・シンが驚いて言葉を押しだした。「あなたは、死ぬにはまだ若すぎる」

「わたしは死にません」ダオ・リンが保証した。その顔は人をよせつけないように見える。「だれも死ぬ必要はありません！」

ヴァイ・シンは、なんといえばいいのか、わからなかった。一瞬、願う。ダオ・リンが今回もまた正しいといいのだが。

全知女性はギャラクティカーの手から逃れられないのだろうか？　だれが、そんなことを予言するというのか？　無限の宇宙には、たくさんのかくれ場がある。《アルドゥスタアル》は、すぐれた高速船だ。それはべつとしても、ほとんど無制限なほど大量のパラ露を意のままにできる十八名の経験豊かなエスパーならば、あのギャラクティカーの出すぎたふるまいをたしなめることがきっと可能なはず！

ようやく、腑に落ちない点に気づいた。

「全知女性は十八名いる」と、告げてみる。「その数が増えることも、すくなくなることもけっしてない。われわれはすでに十八名だ。だれかが死なないかぎり、あなたが全知女性にくわわることはできない。そして、わたしには、ほかのメンバーはまだぴんぴんしているように思えるが！」

「ひょっとしたら、見かけはあてにならないかもしれません」ダオ・リン＝ヘイが無表情で応じた。「招聘され、ここにきました。わたしは全知女性の一員です。弟子がその地位までのぼりつめて、誇りに思いませんか？」

メンタル性のささやき声が船全体を満たす。〝ヌジャラの涙〟は、全知女性の手のなかで昇華し、力をあたえた。《アルドゥスタアル》はギャラクティカー船の目の前を疾走する。アルドゥスタアルの星々に向かって。

〈逃げなければ！〉

この思考は、船全体を、ヴァイ・シン＝ヘイをも支配した。

〈環にもどるのだ！〉

ヴァイ・シンは全知女性であり、その義務をはたさなければならない。そう、誓ったのだから。

だれもが恐れたことが起きた。ギャラクティカーが秘密を暴こうとやってきたのだ。全知女性は使命をまっとうするだろう。

よりにもよっていま、仲間のもとをはなれる権利が自分にあるのか？

自分は、全知女性の環に属する。そこが……そこだけが……自分の居場所だ。〝ヌジャラの涙〟が待っている。

ヴァイ・シンはためらいながらも背を向けた。そして、ダオ・リン＝ヘイが視界から消えると、ヴァイ・シンは自分の弟子のことを忘れはじめた。

仲間の列にくわわり、任務につき、パラ露を摂取する。かつて警告された危険について考えることなく。

7

「それは許されません！」ようやく個室でひとりきりになると、ダオ・リン＝ヘイがいった。

〈そうしなければならないのだ〉アルドゥスタアルの〝声〟が応じる。

「いいえ。その必要はありません。逃げきって、ギャラクティカーにひと芝居打ってみせればいい。老カルタン人十八名を犠牲にする必要はありません」

〈ギャラクティカーがだまされることはけっしてない〉声が主張した。〈すべてが真実でなければならない。さもなければ、のちのちさらに多くの犠牲をはらわなければならなくなる〉

「ですが、ヴァイ・シン＝ヘイでなくとも」ダオ・リンが、必死にいう。「彼女は、わたしの師だったのです。師が自害するのを黙って見ていろと、わたしに要求するのですか！」

〈彼女は、われわれに選ばれし者のひとりだ〉声が平然といった。〈必要条件を満たす

カルタン人は、そう多くない〉

「ヴァイ・シンのかわりになる者が、ひとりはいるはず！」

〈それには遅すぎるのだ〉

「信じられません！」

〈だが、そうなのだ。あきらめなさい、ダオ・リン＝ヘイ〉

「いいえ！」

〈ヴァイ・シン＝ヘイをほかのだれかと入れかえることはできない。準備はすでに完了している。ほかの一名を、これからグループに入れるには時間がたりないのだ〉

「ばかげています！　彼女たちは全員、すぐになじみました。あと数日あれば……」

〈われわれには、数日ものこされていないのだ。ギャラクティカーは、すでにそこにいる。それを忘れたのか？〉

「それでも、まだ可能性があります……」

〈いまはもうない〉声がぴしゃりといった。〈そうでなくとも、すでに彼女は知りすぎた〉

「師は、まったくなにも知りません」ダオ・リン＝ヘイがきっぱりと告げた。「彼女たちのだれも、秘密をなにひとつ知らない。その彼女たちを犠牲にするのはまったく無意味というもの。あなたたちは、自分の保身のために彼女たちを死に追いやろうとしているのです。それでは、ギャラクティカーとなにも変わらない！」

〈おまえは、まちがっている。われわれは、同胞種族のためにこうしているのだ〉

「きっと、ギャラクティカーもそういうでしょう」

答えはない。

ダオ・リンは腹を立て、船の自動装置とコンタクトをとった。よほど、計画を打ちきって引きかえそうかと思った。もう、どうなろうとかまわない。それでも、もちろん、そうすることはなかった。

全知女性の計画に同意することはできない。たとえ、自分自身がこの環に……ほんものの全知女性に属するとしても……。

ギャラクティカーが強引にカルタン人の秘密を解明しようとするならば、それはもちろんまちがっている。第一。この秘密はかれらにはまったく関係ない。第二。それは、この異銀河生物にはなんの関わりもないカルタン人の内部問題だ。第三。いまもなお、例の協定があり、それによれば、カルタン人の銀河はギャラクティカーがくるべきところではない……逆もまたしかり。

もっとも、この点に関してダオ・リンはある程度、譲歩してもかまわなかった。カルタン人もまた、かならずしもこの協定を模範的に守っているわけではないから。同胞種族はこれまでただ巧みに行動し、ＰＩＧほど不器用にふるまわなかっただけ。

それでも、これは宇宙のあらゆる時代、あらゆる場所で起きる駆け引きだ。ギャラクティカーもカルタン人もたがいに探りあう。この点について正当化しようとしたり、どちらが先にこのゲームをはじめたかをつきとめようとしたりするのは、無意味というもの。

とはいえ、例の秘密に関しては話がややちがってくる。これは、ほとんど信仰的意義に関わる深い問題だ。だれにも、カルタン人の意志に反し、その領域において嗅ぎまわり、それどころか、異人に対し秘密を明かすよう、カルタン人に要求する権利はない。

この領域においては、礼儀と繊細な感覚がもとめられる……ダオ・リン＝ヘイも知るように、通常ギャラクティカーが、非常に重んじる性質だ。それでも、かれらときたら、全知女性に対しては完全にその両方を欠いている。

いくら秘密を知りたいとはいえ、こんなひどいやりかたで全知女性を追いまわすのはまちがいだ。

もっとも、このように追いまわさせる全知女性側にもまた、非がある。

「こんなのは犠牲でも、ましてや英雄的行為でもありません」ダオ・リンが声に出し、怒りをこめて静寂に向かっていった。「殺人です！」

全知女性は聞いているはず……それはたしかだ。それでもアルドゥスタアルの〝声〟は、なにもいわない。

ダオ・リン＝ヘイは、どうしようもない怒りでこれを受けとめた。船を計算ずみのコースに向かわせる……そのコースは、《アルドゥスタアル》が恐怖のあまり、ひどいパニックに駆られ、やみくもに逃走している、と、ギャラクティカーに確信させるものだ。実際はまったく反対だが。

逃走は、数日間つづいた。

ダオ・リン＝ヘイは、すこしばかり不審に思った。追跡してくる船が一隻だけだったから。ギャラクティカーの近くにはかならず援軍がいるはずだ。つまり、カルタン人の探知装置の性能を知っていて、その外にいるわけか。

とにかく、かれらはすでにカルタン人について多くを知りすぎている。とりわけ、その技術について。これほど多くを知られてはならなかった。ダオ・リン＝ヘイは思った。われわれは時間の許すかぎり、ギャラクティカーを追いはらうべきだったのだ。

とはいえ、もちろんギャラクティカーが実際に追いはらわれるはずがない。ひょっとしたら、見せかけの平和を望むがゆえに、そうしたかもしれないが、やがてもどってきたにちがいない。

ギャラクティカーは頑固で強情だ……まさにカルタン人同様に。かれらとうまくやっていく道がひとつでもあればいいのだが！　ダオ・リン＝ヘイは思った。きっと、いい盟友となるだろう。それでも、秘密についてたずねることをやめはしないだろうが。

＊

「一撃で追いはらわなければ」ダオ・リンは数日後、老カルタン人十八名に向かって告げた。「そして、われわれにはその力がある。プシオン性手段で敵船を攻撃し、撤退させるのだ」

老カルタン人の多くは、ダオ・リンの話をほとんど聞いていない。そのうち二名だけがすくなくとも一瞬、顔をあげたが、その目はうつろで、ただ空《くう》を見つめるばかりだ。

ダオ・リン＝ヘイは衝撃を受けた。だれもがひどいトランス状態にあるようだ。もはや、自制心を失っている。

ダオ・リンは、これが〝ヌジャラの涙〟のせいだと知っていた。自分自身がどれくらい頻繁にこのプシ物質にたよってきたかを考え、身ぶるいする。これからは、もっと慎重になろう。だが同時に知っていた。この決意を守ることはほとんどできないだろう。ほんものの全知女性として、自分は〝ヌジャラの涙〟をかんたんには避けて通れないから。

一方、ほんものの老全知女性たちもまたパラ露を使い、疑う余地なく、生涯かけてそうしてきた。なぜ、パラ露はこの恐るべき影響を彼女たちにはおよぼさないのか？

「わたしの話を聞くのだ！」ダオ・リンが訴えるようにいった。「反撃しなければ。抵抗もせずに死ぬつもりか？　手を貸してくれ！　協力しあえば、きっと成功する」

だれも応じない。

次から次へとまわって歩き、説きつけ、ようやく老カルタン人二名を味方につけた。ヴァイ・シン＝ヘイはそのなかにいない。この事実にダオ・リンは傷ついた。だが、そもそもそれはなんの役にもたたない。というのも、協力者ふたりも、ほとんどその能力がないと、たちまちわかったから。二名の思考は、あらゆる方向にさまよう。にせものの全知女性二名は、もう急襲に集中するのは不可能だ。

それでも成功した。ダオ・リン＝ヘイはその理由を知っていた。ほんものの全知女性たちが手を貸してくれたのだ。どうやら、彼女たちは急襲に賛成したようだ。これもまた計画の一部だと、ダオ・リンが知ったときにはもう手遅れだった。自分を操り人形のように感じ、これに腹を立てたもの。

《アルドゥスタアル》は飛行をつづけた。船が着陸すべき惑星に向かって。ダオ・リン＝ヘイは当初、コースを変更し、ほかの目的地を選ぼうとした。これにより、すくなくとも時間稼ぎができるから。それでも、予定されたコースをたどった。自分自身でもよくわからないが、船のコース変更が不可能だと認識せざるをえないことを、心のどこか奥底で恐れていたから。

ほんものの全知女性がこの件において、自分をどれくらい信用しているかはわからないが、それをためす気にもまったくならなかった。

《アルドゥスタアル》はニュレロ星系に到達し、第三惑星の予定された場所に着陸した。

マシンが沈黙すると、船内はしずまりかえった。完全に必要不可欠ではない、すべてのスイッチが切られた。ロボット数台がほとんど音をたてずに行きかい、老カルタン人十八名の生存を保証するためにさらに必要なわずかな作業をかたづける。このロボットもまた、まもなく不要になるだろう。《アルドゥスタアル》がこの惑星をはなれることは、もう二度とないだろうから。

ダオ・リン＝ヘイは、ためらいながら〝ヌジャラの涙〟の小箱を開けた。いやいやながらもパラ露のしずくひと粒を手にする。突然、このしろものが恐くなった。押しよせる力を感じ、全身の毛が逆立つのがわかった。体内に耳を澄ませてみるが、なにも異常は確認されない。

ため息をつきながら、いま必要とされる作業にとりかかった。すくなくともヴァイ・シン＝ヘイを、可能であればほかの犠牲者たちをも救うとかたく決意していたものの、成功する望みはほとんどなさそうだ。

＊

この惑星は、周回する恒星と同じ名前……ニュレロ……という。良好な空気と耐えうる気温に恵まれた快適な惑星だ……ダオ・リンの好みでは、わずかに暖かすぎるが。とはいえ、食物を育てるには非常に効率的だ。動物相と植物相は充分に成長し、あまり攻撃的な環境ではない。

ダオ・リン＝ヘイは、長いあいだ、庇護者として植民地ラオ＝シンをひきい、つねに新しい惑星を開拓してきたため、このニュレロが入植するにはまさに理想的だと、ひと目でわかった。ニュレロはもちろん現在、カルタン人にとり、もうあまり興味深い対象ではない。というのも、ラオ＝シン・プロジェクトが非常に順調に進んでいる現段階において、古い銀河にあらたな植民地を築くことはないだろうから。

とはいえ、かつてニュレロは居住惑星だった。ダオ・リンには、すでに着陸前にそれを知っていた。故意にこの惑星が選ばれたのだ。ここでは、だれも被害を受けることはないだろう。そして、さらに重要なのは目撃者がいないということ。ニュレロにカルタン人が近づくことはない。原住知性体もいない。

いずれにせよ、ダオ・リン＝ヘイはそう聞いていた。

それだけに、なおさら驚いた。廃墟にテレポーテーションしたさい、ひと目で完全に知性体とわかる、奇妙な生物が目の前に立っていたのだ。

生物は、すくなくともダオ・リン＝ヘイと同じくらい驚いたようだ。壁の一角でかがみこみ、身動きせずにカルタン人をじっと見つめている。ダオ・リンは、見つめ返した。

　生物は、身長五十センチほど。細長い頸の上には、比較的大きな頭部が乗っている。頸は、まるで輝く針金でできた繊細に曲がるらせんのなかにはまっているように見えた。細い肩の上には、赤銅色に光るちいさなプレート二枚が乗り、その下のイエローと黒の縞《しま》模様の金属的に輝く鎧《よろい》が上体全体をおおう。下半身と太く短い脚は、パールグレイの濃い毛につつまれていた。足は妙に平たく、三つに裂け、後方に伸びる棘《とげ》一本がついている。足を環状におおう、非常に濃い一連の触毛をのぞいて毛はない。毛のまばらな細い腕は長く、手が労せず床に触れるほど。その手は奇妙に見えた。非常に細い、多関節の指がそれぞれ八本ついている。あまりに奇妙に巻きついた頸の上には、妙に長い後頭部と、先端のとがった巨大な耳ふたつのついた頭が鎮座する。

　だが、この異生物のもっとも奇妙なのは、その顔だった。テラナーにそっくりだ。非常に均整がとれ、ダオ・リン＝ヘイが受けた印象でも美しいといえる。ややつきだした顎。かたく厚い唇のちいさな口。そのうえにかたちのいいまっすぐな鼻。そして、目は……

　ダオ・リンは、このような目をいまだかつて見たことがない。アーモンド形の大きな目だ。眼球は、まるで最良の真珠層からとりだされたかのごとく、ほのかにバラ色に輝く。虹彩《こうさい》自体は、垂直の黒い帯だが、虹彩がはなつ真紅の微光は、受ける光によって強まったり、弱まったりする。瞳孔《どうこう》は、一瞥したところ見わけがつかない。

異生物は、やや頭をあげてそこにかがみこんだまま、ダオ・リンをこの不思議な目で見つめている。その表情は真剣で、やや挑発的ともいえるが、同時に深い悲しみにおおわれていた。

ダオ・リンの第一印象では、この生物が、その不思議な目で、身体的には到達不可能な、すばらしき遠い世界を見つめることを余儀なくされているように思えた。

自分でも説明がつかない理由で、ダオ・リン＝ヘイは思わずラオ＝シンのことを考えた……もちろん、それはばかげている。このちいさな生物は、カルタン人の秘密となんの関係もない。

「あなたは、だれ？　ここでなにをしている？」ダオ・リンは小声で訊いた。

このちいさな異生物が、流暢《りゅうちょう》なカルタン語で答えたとしても、驚かなかっただろう。その奇妙な目のせいで、非常に賢く見えるから。

ところが、このちいさな異生物は、悲しげな声をちいさくあげただけ。すると、突然、踵を返し、長すぎる腕を補助脚として使い、跳ねるように去っていく。

ダオ・リンは、みずからにいい聞かせた。ほかになにも期待してはならなかったのだ。この生物が何物であれ……これまでカルタン人を見たことは絶対にないはず。たとえ、ごくわずかな知力しか持たないとしても、惑星の見知らぬ訪問客から距離をとろうとするだろう。

　これには考えさせられた。この生物はまもなく、さらなる異生物を目にすることを克服しなければならない。まちがいなく、ギャラクティカーはすでにニュレロに向かっているはずだから。かれらが到着するまでに、かくれ場の準備をととのえなければ。つまり、急いだほうがよさそうだ。依然として、ヴァイ・シンとほかの十七名を救うという決心は変わらないのだから。

　かつてここにそびえ立っていた建物については、非常に漠然とした記述だけしか入手できなかった。いずれにせよ、建物の大部分はもう存在しない。そして、そののこりはすでにこの惑星の自然に還った。しぶとい木々の根が、もろい壁を打ち破り、古代の柱台は絡まる蔓草におおわれている。壁の残骸のあいだに、ちいさな池が見える……ひょっとしたら、かつては手いれのいきとどいた中庭の一部だったのかもしれない。とうに雑草がはびこり、中央にわずかな水面《みなも》がのぞくだけだ。小川が池をのみこみ、川の反対側は岩塊と緑青色《ろくしょう》の藪のあいだに消えていた。

　このどこかに、空洞があるにちがいない。まだ充分にたもたれ、カルタン人ひとりに短時間のかくれ場を提供する、かつての丸天井の地下室が。ただ、それを見つけるのは、たやすくはないだろう。技術装置にたよるつもりはないから、なおさらのこと。

　ギャラクティカーのことは、よく知っている。それに、この異人の技術には敬服していた。ニッキ・フリッケルは……あの女テラナーが追跡にくわわっているのは明白だ…

…ダオ・リンあるいは船内のカルタン人になにも気づかれることなく、なんなくニュレロに着陸できるはず。ひょっとしたら、とうに搭載艇数隻が廃墟領域の上空を飛んでいるかもしれない。ダオ・リンはすでに《アルドゥスタアル》から遠くはなれていた。ギャラクティカーはきっと、まず船の周辺に関心をいだくだろうから。自分が監視されているとは思わない。それでも、いま技術装置を使えば、位置発信機を持ち歩くのも同然だろう。

左手の樹冠と藪のあいだから、傾斜した壁面があらわれた。まだかなり状態がよさそうなテント形建物の側面だ。期待が持てそうだ。ダオ・リンは側面に近づき、自力で見つけだせそうな大きな窪地と、あらゆる空洞の徴候を探した。岩塊と木の根からつきでる、半円アーチの上部をいくつか発見したが、その奥にあるドームへの入口はすでに長いこと、封鎖されているようだ。

上着ポケットのパラ露のしずくをまさぐりながら、考える。テレポーテーションで侵入を試みるべきか。半円アーチのひとつはとりわけ、そのような試みに向いているようだ。というのも、厚い苔《こけ》におおわれた縁の下には、膝の高さほどの隙間があるから。もちろん、この隙間は、その奥にあるドームがまだ健在だという証明にはならない。それでも、徐々に時間が切迫していた。

かがみこみ、隙間のなかを探った。湿った空気が押しよせてくる。ごくわずかに、水滴が落ちるような音が聞こえた。ところが、まだほかにもなにか聞こえる……うなるようないやな音だ。

すぐ目の前に、乾いた細い枝が落ちていた。近づいて枝をひろおうとしたさい、藪のあいだでかがみこんでいたちいさな異生物にほとんどつまずきそうになる。どう見ても、こちらのようすをうかがっていたようだ。ダオ・リンはほんのすこし驚き、ようやく気づいた。このちいさな生物をパラ能力でとらえることができない。動物としては……これが動物であるとして……非常にまれなこと。

ちいさな異生物のほうは、カルタン人がなにをするつもりか、まったく正確にわかるようだ。ダオ・リンが枝に手を伸ばすと、怒ってうめいた。隙間に近づき、カルタン人の行く手を阻《はば》もうとする。

「このなかに家族がいるのか？」と、訊いてみる。

ちいさいのは、その長い腕を振りまわした。奇妙な目が輝く。

「きっと、実際におまえの家族がいるにちがいない」ダオ・リンがためらいがちにつぶやいた。「心配いらない。おまえの家族にはかまわないから。とはいえ、そろそろ、わたしにはかくれ場が必要なのだ」

思わず、空を見あげる。雲はなく、澄みきっていた。どこにも、宇宙船は見られない……もちろん、それはたいして意味がないことだが。

ちいさいのは、ダオ・リンのまねをし、同様に気づかわしげな顔で空を見つめた。これには、笑わずにはいられない。

「ま、いいだろう」と、告げる。「ここで、おまえの子供を見守るがいい。だが、次の空洞はわたしのものだ、わかったか？」

ちいさいのは、安全距離をたもちながらついてくる。まったく音をたてずに動き、しばしば、藪と石の狭間《はざま》に消えた。それでも、何度もふたたび姿をあらわす。まるで、自分がまだそこにいて、ダオ・リンから目をはなさないことをしめそうとするかのようだ。

だんだんと、この生物にいら立ちをおぼえ、

「子供たちのところにもどるのだ！」と、叫んだ。「さ！　なにをまだ待つというのか？」

だが、ひょっとしたら、空洞内で音をたてているのは、この奇妙な生物の子供ではなく、ちいさいのが警告しようとした危険そのものかもしれない。この生物が持つ知性の程度については、ひたすらはかりかねる。

ダオ・リンはすでに、ななめにそびえる壁に到達していた。近くから見ると、この建物も、最初に思ったほど状態はよくない。あらゆる亀裂から植物が伸びでて、壁がはがれて浮きあがっている個所もいくつかある。

いつのまにか、ちいさいのが隣りに立っていた。ダオ・リンを強烈な目で見つめると、

驚くほどすばやく、急な壁をよじ登っていく。上方で穴のなかに姿を消したかと思えば、ふたたびすぐにあらわれ、カルタン人をじっと見おろす。

ダオ・リンは枝のことを思いだし、まさに背を向けようとしたとき、意識のすみに遠くからくるようなインパルスを感じた。

動きの途中でかたまる。

ギャラクティカーが、そこにいた。

ちいさいのは、いまだにこちらを見おろし、まったくおだやかに見える。ダオ・リンはすぐに決心し、同様に壁をよじ登った。異生物はみずから進んでわきによけ、カルタン人が空洞を見おろせるように場所を空けた。

もともと、それは大会議室の隣室だったのかもしれない。いまはもう、埃《ほこり》まみれの部屋にすぎない。最近降った雨が、床に水たまりをいくつかのこしていた。穴の真下、湿気と光に恵まれた場所には、風が吹きつける薄い腐植土層の上に赤褐色の苔のクッションがひろがる。それでも、部屋のずっと奥のほうは乾いていた。反対側の壁には、通廊が見える……おそらく、ホールにつづくものだろう。

「わたしがなにを探しているのか、きっと、おまえは知っているにちがいないな」ダオ・リン＝ヘイがつぶやいた。「おまえがどんな種類の生物か、わかればいいのだが」

答えはない。わきに目をやり、ちいさな異生物がすでにいないと気づく。まったく音をたてずに、もどっていったのだ。
カルタン人は、たったいま見つけたかくれ場を調べにとりかかった。

8

「船は、惑星の南半球にある」ウィド・ヘルフリッチが声をおさえていった。「ほぼ円形の大陸の大部分が森におおわれている。着陸床は、昔の居住地にあるようだ。詳細はまだ不明だが」

「そこにだれか住んでいるのかしら？」ニッキ・フリッケルが気づかうように訊いた。

「おそらく、だれも」

ＰＩＧの女チーフは、ポエル・アルカウンを振り向いた。

女テフローダーはすっかり顔色を失い、消耗しきっているようだ。かぶりを振り、

「そこにいるのはカルタン人だけです」と、告げた。「いずれにせよ、ほかの思考する生物はとらえられません」

「全知女性は、なにをしているの？」ニッキ・フリッケルが訊いた。

「船内にいます」ポエルが小声でいった。「恐がっているようです。つまり……実際、恐がっているというのは正しい表現ではありません。全知女性の気分は真っ暗です。わ

たしのいいたいことを理解してもらえるなら」

ニッキ・フリッケルは、これについてなにもいわず、

「着陸します」と、きっぱりと告げた。「全知女性の船から充分な距離をとって……

彼女たちをこれ以上、いらいらさせるつもりはないから。とはいえ、この船の到着を全知女性に気づかれてもかまわない。そうしたら、ひょっとしてぼろを出すかもしれないもの」

船長は、ふたたびポエル・アルカウンを振り向き、

「なにか情報をつかむのよ」と、たのんだ。「あなたが多くを知れば知るほど、のちのち全知女性がわたしたちに明かす必要はなくなるわ」

女テフローダーは、答えを放棄した。いずれにせよ、答えても意味がない。ニッキ・フリッケルが引きかえすことはないだろう……ゴールがすぐそこだと船長が思っているいまは。

昔の居住地は、大部分がすでに完全に草木におおいつくされた広大な廃墟区域と化していた。それでも空中から、多くの建物の輪郭がまだよくわかる。

「ここは、かつて非常に注目すべき都市だったにちがいないわ」ニッキ・フリッケルがきっぱりという。「なぜ、全知女性はよりにもよってここに着陸したのかしら？」

「偶然さ」ウィドがつぶやいた。

「そうは思わないわ」ニッキが否定し、はげしくかぶりを振る。「専門家を数名呼んで、この居住地をくわしく調べてもらいましょう」

「カルタン人がここに秘密の火器管制ステーションのたぐいを保持しているとでも考えていたなら、残念だったな」ウィド・ヘルフリッチがからかうようにいった。「その手のものがあれば、とうに探知したはずさ」

「おそらくね」PIGの女チーフがうなずいた。「それでも油断は禁物《きんもつ》よ。もっとも、これが罠とも思わないわ。いずれにせよ、この居住地を調査させるつもりよ。船には考古学者が数名いるわ。すこし息ぬきでもさせようかと思って。かれらにとって興味深いものかもしれないし」

ウィド・ヘルフリッチは肩をすくめ、ニッキ・フリッケルの命令を該当者に伝えた。まもなく、要請を受けた専門家がすでに出発したという報告がとどいた。おそらく、かれらは招集がかかるのを心待ちにしていたことだろう。そう頻繁に、活躍の機会が訪れるわけではないから。

搭載艇は、藪の茂る丘に着陸した。かつて建物だった場所だ。丘は、廃墟区域の西端にそびえる。かつての都市の境界がはっきりとわかった。その奥にひろがる地形は完璧な平地だ……あまりに完璧で、自然のものとは考えられない。

「ひょっとしたら、かつての宇宙港かもしれない」ウィド・ヘルフリッチがいった。

「あらゆる可能性があるわ」ニッキ・フリッケルはそうつぶやきながら、前かがみになり、いくつかのセンサーに触れた。

スクリーンに、半球形構造物がならぶ円盤形船があらわれる。向こうの平地の上だが、肉眼ではほとんど見えない。ポエルは、その外見から座礁したクラゲを思い浮かべた。死んだように見える……悲しい光景だ。

「ふたたび発進できそうもありませんね」女テフローダーが意気消沈したようすでいった。

「ますます、いいわ」ニッキ・フリッケルが平然と答えた。「それなら、全知女性が惑星から出るには、わたしたちにたよるしかない。乗船の代金は、すでに決定しているわ。ええ、そうですとも、友よ、思うにこんどこそ、全知女性は秘密を明かさなければならないわ！」

ポエル・アルカウンはなにもいわない。みじめな気分だ。

すでにほかの搭載艇も着陸していた。どれも同じ報告ばかりだ。全知女性は息をひそめている。船に動きもない。こちらの乗員には正気を失う者も、そのほか影響のシュプールをしめす者もいなかった。

「身を守ろうとさえしないのは、おかしい」ウィド・ヘルフリッチがとうとう口をひらいた。「防御バリアのスイッチまで切るとは！」

「ええ、そのようね！」ＰＩＧの女チーフが辛辣にいい、うなずいた。「これまで全知女性を不可視にしていたものまで解除するだなんて。奇妙じゃない？」

「技術的問題が生じたのかもしれない。援助を申し出てもいい。ひょっとしたら、全知女性は応じるかもしれないぞ」

「あとでね」ニッキ・フリッケルが手を振った。「しばらく、ほうっておきましょう。きっと全知女性は、わたしたちが彼女たちを見失ったと思っているにちがいないわ。だから、ここに着陸して、いわば死んだふりをしているわけね。シュプールが二度と見つからないように願って。おそらく、状況の変化に対処するために、時間が必要なのでしょう。彼女たちはもう逃れることができない。だから、わたしたちはどんとかまえて、全知女性にゆっくり考えてもらうとしましょう」

ウィド・ヘルフリッチは、不満なようすだ。待つのが得意ではないから。

＊

専門家たちは出動し、作業に打ちこんでいた。向こうの平地には、ほとんど視界の利くかぎり、想像もつかないほどのプシオン力が存在するというのに、そんなことにはほんのすこしもわずらわされないようだ。

それでも、ポエル・アルカウンはみずからにいい聞かせた。この態度は、たいして驚くべきことではない。危険を知っているはずのほかの乗員も、まさに不自然なほどおちついているということを考えれば。

しばらくのあいだ、女テフローダーは疑念をいだいた。この不自然なおちつきは、全知女性の影響によるものではないのか。カルタン人がこんなふうに操ってギャラクティカーをだまそうとしているのではないか。それは充分に考えられた。

実際、その手の戦術を示唆《しさ》するような事例がいくつかあった。ひとつは、何物も熱心な研究者たちの調査をじゃましないという事実だ。廃墟に棲まう動物たちの温和さは、まさに奇妙だった。この場所を住処《すみか》とする動物はどう見ても、異銀河からの訪問者のじゃまをしないよう、満場一致で決定したようだ。

ほかの徴候は〝廃墟熱〟だった。たちまち、ポエル・アルカウンはひそかにそう命名したもの。

あのニッキ・フリッケルでさえ、廃墟をあちこち嗅ぎまわっているのは奇妙ではないか？　石をひっくりかえし、壁の亀裂のなかをかきまわすのは、きっと船長の任務ではないはずだ。

ところが、女テフローダーはたった一度、全知女性の船が位置する方向を短時間盗聴しただけで、この疑惑がばかげたものだとわかった。全知女性たちの気分は、このうえなく落ちこんでいたのだ。これほど絶望したカルタン人は、もう何物にも影響をあたえることはない……逆に、これほど絶望していなければ、なんらかの影響をおよぼすことができただろう。

ポエル・アルカウンはこのときは、きわめていやいやながら盗聴したもの。影響の疑惑が解消されたとたん、ごく短い無作為抽出に切りかえる。

これに対して、だれも異論を唱えなかった。ニッキ・フリッケルでさえ。だれもが〝廃墟熱〟にとらわれていたが、これにはそれなりの理由がある。廃墟の魅力は説明できるものだった。そして、そのことだけでも、みなの心をおちつかせる効果があったのだ。

時間がたつにつれて、当初思われたように、すべての動物が突然の侵入者をそれほどおちついて受けとめているわけではないと判明する。なかには、回避戦術を好む大型の半知性体もいた……充分迅速に回避できるかぎり。

おまけにギャラクティカーは当初、表面調査のみにあたっていた。さらに深く踏みこみはじめると、ますます頻繁に動物たちの抵抗に遭うようになる。動物たちは、歯、爪あるいは棘で住処を守ろうとし、学問のために、自分たちの巣とかくれ場をあっさりあきらめようとは夢にも思わないようだ。これらの動物の必死の抵抗は、みごとな成功をおさめることすらあった。ここにはその手の戦いの危険を冒すことなく、あちこちつつきまわすことのできる廃墟が充分にあったから。

ポエル・アルカウンは、これらのあれこれを大いなる関心を持って見守った。全知女性の船から押しよせる真っ暗な感情につきまとわれ、苦しんでいた彼女が、気を紛らわせるために、提供されるあらゆる機会を利用したのも不思議ではない。みずから、頻繁に外に出かけた。もっとも廃墟に向かうのはまれだ。その手のしろものに没頭するには、あまりに心おだやかでなかったから。それでも、ひょっとしたらギャラクティカーがつかのまであれ、この古い居住地に集中し、全知女性とその船にあまりとらわれないのはいいことかもしれない。

いい息ぬきになるだろう……関係者全員にとって。その後は、ひょっとしたら、すべてがもうそれほど手強《てごわ》くは見えないかもしれない。

ポエル・アルカウンはこのとき、まさに正反対の事態におちいるとは思いもしなかった。

＊

「この居住地はカルタン人のものです」エスト・ウィニアが告げた。ひたすら自制するのに苦労しているようだ。宝探しに大成功した海賊よりも興奮している。

ニッキ・フリッケルは、目の前に提示された映像を見つめた。

一見、この廃墟を特定種族のものに分類するのはほとんど不可能に思える。あらゆるかたちの建物が存在し……すくなくとも、あらゆる平面図が見てとれた。建物自体は、たいていの場合、もうあまりのこっていない。ここにアーチ壁、そこにななめにそびえ立つ壁、あそこに柱の根もとがある。角ばった通廊につづく埃まみれの丸天井。台形にかたどられたトンネルのほんの一部。円形あるいは三角形の窓枠だけがのこる壁の瓦礫《がれき》。南側の廃墟区域では、墓地とおぼしき場所が見つかったが、そこには骨も、なんらかのかたちの骨壺も見あたらない。

「かならずしもカルタン人の居住地には見えないわね」PIGの女チーフは真剣にいった。「むしろ、わたしには典型的宇宙港に見えるわ……さまざまな建築様式の、あらゆる物質からなる」

「おっしゃるとおりです」エスト・ウィニアが認めた。「それでも、この町はカルタン人によって建設されたもの。それは証明できます」

すると、考古学者はいきなり論証しはじめた。興奮した同僚数名が手を貸し、スクリーンに映像、グラフィックス、分析結果が次々とうつしだされる。ニッキ・フリッケルは、頭がくらくらした。

「もういいわ」とうとう、船長はため息をついた。「あなたたちを信じるから」

「カルタン人のものです！」エスト・ウィニアがくりかえした。一音一音を強調し、指でテーブル板をたたきながら。「絶対に」

「それでいいじゃないの」PIGの女チーフがいった。「惑星は、居住地としてまさにうってつけだわ。ただわからないのは、なぜカルタン人がこの都市を放棄したかということ。それについても、なにかわかった？」

「いいえ、なにも」

「なにも？　どういうことかしら？」

「だから、いまのところまだ、なにも見つかっていないのです」エストがいらいらして応じた。「戦闘や戦争を示唆するようなシュプールはなにもありません。猛威をふるった伝染病のたぐいをしめすものも……まったくないのです。それに、日用品、装置、文明のなごりすらなにものこされていないも同然で。ここは、いまだかつて見たことがないほどかたづいた廃墟なのです」

「それでも、〝すべてを〟持ちだすわけにはいかなかったはず。それは、たんに不可能だわ。なんといっても、宇宙船を使ってこの惑星を去ったという前提なのだから、なおさらよ」

「きっと、これから大量のガラクタが見つかるにちがいありません……たとえば海中に。かならずどこかに、ガラクタがまるごと押しこまれているにちがいない。問題はただ、長い歳月が経過したいま、そのうちのなにがまだのこっているかということ」

「数世紀……」

「数世紀ですって？」

　ニッキ・フリッケルは、驚いて考古学者を見あげた。エスト・ウィニアの声は勝ち誇ったように聞こえる。まるで、ネズミを手の内から逃がしてやるネコのようだ……もちろん、またすぐに捕まえるつもりで。

「さっさといったらどう！」ニッキが怒っていった。「この茶番はなんなの？」

　エスト・ウィニアは、満面の笑みを浮かべた。目が光っている。

「この居住地は、数千年前のものです！」考古学者がさも楽しそうに説明する。

　ＰＩＧの女チーフは一瞬、言葉を失った。

「ならば、それはカルタン人のものではないわ」とうとう、ニッキがいった。「カルタン人が宇宙航行種族になったのは、せいぜいここ数百年といったところ。したがって、かれらにこの都市をつくれるはずがない」

「それでも、かれらがつくった。それは、先ほどあなたに証明したとおりです」

「それなら、要するにあなたはまちがっていたわけね。ほかの種族の可能性があるわ。偶然の一致……」

「いいえ！」エスト・ウィニアがはげしく否定した。「偶然の一致ではありません。カルタン人がこの都市をつくり、居住した……絶対に！」

　よほど、お気にいりの言葉のようだ。それから、劇的な間をとり、

「それも、数千年前に」と、驚くほど冷静につけたす。

ニッキ・フリッケルは、意に反して感銘を受けた。

「さらに正確に年代を特定できるかしら？」しばらくして、船長は訊いた。

エスト・ウィニアは、かぶりを振り、

「いまはまだ」と、応じる。「ひょっとしたら……数日後あるいは数週間後なら。まだ、骨も木片も見つかっていません。それに、たとえそのような物質を入手したところで、いまはまだ、ほとんどなにもできませんから。この惑星固有の定数について、なにもわかっていないので」

「責任を問われないとしたら、あなたはどう推測するの？」

エスト・ウィニアは、肩をすくめ、

「数千年」と、つぶやいた。「ひょっとしたら、五千年か、一万年……もっと前かもしれない。いまのところ、これ以上正確なことはわかりません。とはいえ、それがすべてではありません。ほかのシュプールが見つかったのです。そして、それは、ずっと最近のもの。慎重に推測すれば、およそ三、四百年前のものです」

「それもカルタン人のものなの？」

「正確にはわかりませんが、そう思われます。当時の訪問者の行為は、まぎれもない破壊活動です。破壊のほとんどがこのときのもの。それまでは、都市は比較的よくたもたれていました。まるで、カルタン人をしめすあらゆるシュプールを可能なかぎり消しさろうとしたかのようです。おそらく、その時点まで機能していたいくつかの技術装置が当時、除去されたのでしょう。そのような活動をしめすシュプールがいくつか見つかりました」

「それでも、完璧とはいえなかったわけね」

「破壊されていたにもかかわらず、だれが都市をつくったか、われわれが見ぬいたからですか?」エスト・ウィニアが愉快そうに笑みを浮かべた。「破壊者は、テラナーのような相手を想定していなかったのでしょう。われわれには、この分野におけるすぐれた技術手段がある。同胞種族に対しては、あれで充分だったことでしょう……実際に、それがカルタン人ならば」

「それは確実だと思うわ」ニッキ・フリッケルが考えながら応じた。「そのようなシュプールを消すのに、ほかのだれが関心を持つというの?」

船長は、スクリーンに目をやった。そこには、全知女性の船がうつしだされている。

「〝彼女たち〟が、そうするよう指示したにちがいないわ」ニッキ・フリッケルがつぶやいた。「彼女たちは、カルタン人がかつてすでに宇宙航行技術を保有していたことを知っていたにちがいない。その後、ふたたび星々への旅がはじまり、彼女たちはこの居住地を破壊させた。万一、カルタン人が偶然ここに着陸した場合、かれらは、この都市を建てたのが祖先だとは思いもしないはず。とはいえ、彼女たちはなぜそれを秘密にしているのかしら？　同胞種族がこれほど長い歴史を持つことを誇りに思ってもいいのに」

「彼女たちの秘密と関係があるのでしょう」

「それは考えられるわね」ニッキ・フリッケルは同意した。

船長は、しばらく考えていたが、

「全知女性は、まったくの偶然の一致でこの惑星に向かったわけではないわ」と、とうとう口を開いた。「彼女たちは、この居住地を知っているのよ。ひょっとしたら、すべてはここからはじまったのかもしれないわ」

「つまり、原点にもどってきたと？」

「もちろん、そうよ。それは論理的だわ……納得もいくし」

「つまり、われわれと話をする気があるということでしょう」エスト・ウィニアが興奮していった。「ヒントをあたえるために、この居住地まで導いたのです。われわれのほうが技術的にはるかにすぐれ、この廃墟の歴史を見ぬくのはむずかしくないということを、彼女たちは正確に知っていた。そしていま、われわれはすくなくとも、これがなにに関する秘密であるかを知っています。きっと遠い過去の出来ごとにまちがいありません。これで、われわれには的を射た質問をすることが可能です」

ニッキ・フリッケルは、疑うように考古学者を見つめた。

エスト・ウィニアには、たしかに能力がある……とはいえ、それは専門分野にかぎったこと。全知女性については、遺憾ながらそれほどたくさん理解しているようには見えない。

「全知女性の計画は、わたしにはまったくべつなものに思えるわ」船長がつぶやいた。

「悪いわね」

9

　ポエル・アルカウンは、新鮮な空気を楽しんだ。搭載艇の近くからはなれず、しばらく、その辺をぶらぶらしていたが、下の廃墟のあたりは暑くなりすぎた。いまは、丘のはずれの瓦礫の上に腰かけている。ここは爽快な風が吹き、平地を見わたすことができた。

　はるか向こうに、全知女性の船が見える。視線が何度も船に引きつけられた……この船からほとばしりでてくるものが、ますます恐くなっていたが。

　足音が聞こえ、振り向いた。ニッキ・フリッケルが目の前に立っている。

「盗聴するのよ」PIGの女チーフが告げた。「ただちに！　たとえ、恐くても。あそこでなにが起きているのか、わたしは知らなければならないの！」

　ポエル・アルカウンは、肩をすくめ、

「もう何度も、試みました」と、つぶやいた。

「でも、ごく短時間だけでしょ」ニッキが反撃した。「あなたをじっくり観察していたのよ……それでは、絶対にかれらの秘密を知ることはできないわ」

「あなたにはわかりません」ポエルは腹を立てたようすで応じた。「どれほど頻繁に、どれほど長く、どれほど集中的に全知女性を盗聴したところで、なんの意味もありません。そうしても、なにもつかめないのだから。彼女たちは、ふつうのカルタン人のようには、もう考えないようです。考えることをまったく放棄したと、いってもいいくらい」

「それでも、その思考インパルスから、なにかしら読みとれるにちがいないわ！」

「秘密に関するものはなにも。全知女性は、自分たちが過去にはたしてきた役割についてなにも考えていません。ただ絶望しているだけ」

「なぜかしら？」

「窮地に追いつめられているから。もう希望を持っていないのです」

「それでも、全知女性だわ。とうてい無防備とはいえない……それは、わたしたちふたりともよく知っているでしょ。パラ露がもうないとでも？　あるいは、どうしたというの？」

ポエルは、驚いて見あげ、

「いいえ」と、応じた。「パラ露は、船内に充分な量があります……ほとんど、制御できないほど多くの。とはいえ、パラ露のことはなにも考えていない。たえず、あのしろものを消費しているだけ」

「なぜ、わたしたちを追いはらうために使わないのかしら？」

「それはわかりません」

「ならば、つきとめなくては」ニッキ・フリッケルがきびしい口調でいった。「それも、ただちに！　あなたが、いますぐはじめるにこしたことはないわ」

ポエル・アルカウンは船を見やり、震えた。

「あそこからなにが押しよせてくるのか、あなたが自分で感じられたらよかったのに」

船長に向かってぴしゃりといった。「あそこにいるカルタン人は文字どおり、もうひとつのことしか頭にありません。自殺するつもりです……奇蹟でも起こらないかぎり」

ニッキ・フリッケルは、ただちに姿勢を正し、

「いつから、全知女性はそう考えているの？」と、訊いた。

「もう長いこと」

「ならば、なぜ、あなたはわたしになにもいわなかったの？」

「話そうとしました。でも、あなたはけっしてわたしの話にちゃんと耳をかたむけようとしなかった」

ニッキ・フリッケルはあっけにとられ、女テフローダーをじっと見つめた。

「きっと、それについてあなたと話しあってもむだなようね」とうとう、船長がつぶや

いた。「いまは、この事態をなんとか収拾できるようにしないと」

「それは、かんたんです」ポエル・アルカウンが主張する。「わたしたちが撤退すればすむこと」

「それは、わたしが考慮にいれない唯一の方法よ」PIGの女チーフが拒絶する。「わたしは、全知女性の秘密をつきとめたいの」

「あなたの頑固さのせいで、全知女性たちを死に追いやるという犠牲をはらってでも？」ポエルがきびしい口調で訊いた。

「自殺なんてしないわ」ニッキ・フリッケルが否定する。「全知女性は自殺などできやしない。そうすれば、すべてが無意味になるから。彼女たちは全知女性だわ……秘密を守っているのよ。彼女たちが死ねば、その知識もいっしょに失われる。この理由ひとつだけでも、全知女性は生きつづけなければならないのよ」

「思うに、あなたはまちがっています」ポエル・アルカウンがおもむろにいった。「全知女性は、秘密をだれにも明かさないと決心している……それが、現在まだ彼女たちができる唯一の明瞭な思考といえるでしょう。全知女性たちは、捕まるわけにいかないと思っています。あなたがそうしようとすれば、彼女たちは死ぬでしょう」

ニッキ・フリッケルは、考えにふけりながら、遠くの船を見つめ、「全知女性とのコンタクトを試みて」と、ようやく告げた。「わたしたちが彼女たちに危害をくわえるつもりがないと伝えるのよ」

「わたしの話を聞くとは思えません」女テフローダーが真剣に応じた。

「もうためしてみたの？」

ポエルはうなずいた。

「ならば、もう一度試みて。ひょっとしたら、しかるべきカルタン人にとどかなかっただけかもしれない。全員がそれほど頑固なわけではないでしょうよ！」

「全員、同じだと思います！」

「ダオ・リン＝ヘイも？　そうとは思えないわ。彼女はまったくちがうもの」

ポエル・アルカウンはため息をつき、

「全知女性たちは、もう個人として反応しないのです」と、告げた。「だれにも、個別に話しかけられない。もう、自分の名前すら思いだせないようです。この状況で、どうやってダオ・リン＝ヘイにコンタクトしろと？」

「ただ、ためしてみればいいのよ！」ニッキ・フリッケルは突然怒りに駆られ、女テフローダーをどなりつけた。「それとも、多くを要求しすぎかしら？」

ポエル・アルカウンは、黙ったままテラナーを見つめるばかりだ。ニッキは下唇を嚙みしめ、怒りをのみこんでいる。これが誤ったやりかただとわかっていた。

「あなたは、ダオ・リンとその思考パターンを知っているわね」船長は、はるかにおだやかにいった。「それにより、彼女に到達するのはまさに技術的に容易なはず。そして、ダオ・リンはきっと、自殺を熱望しているわけではないわ。わたしが彼女のことを誤解していなければね。彼女に接触を試みてほしいの」

「いいでしょう」ポエルがあきらめていった。「わたしが成功したとして……彼女に、なんと伝えればいいのです？」

「ほかの全知女性たちを自殺させないようにと。彼女とほかの全知女性たちに危害をくわえるために、わたしたちはここにきたわけではないわ。カルタン人の敵ではないもの！　彼女たちを助けたいの。わたしたちには、そのための手段がある。彼女にそう伝えて」

「わかりました」ポエル・アルカウンは同意したものの、ひそかに思った。ダオ・リンはきっと、そのような口車には乗らないだろう。とはいえ、ポエルは充分に賢いからわかる。いま、さらなる異議を唱えたところで、ニッキ・フリッケルにはそれを受け入れる用意はなさそうだ。

テラナーは立ち去り、ポエル・アルカウンは苦々しい気分で船長を見送った。

なぜ、ギャラクティカーにはわからないのか。カルタン人は、援助もほかのなにも必要としていない。ただ、ほうっておいてほしいだけなのに。

そして、なぜカルタン人はギャラクティカーに、それをはっきりと説明できないのか？

＊

　ポエル・アルカウンの全知女性とのファースト・コンタクトはきわめて短かったが、非常に密度の濃いものだった。そのさい、彼女はダオ・リン＝ヘイが全知女性の環に迎えいれられるのを目撃した。ダオ・リンがその瞬間、永久的に全知女性の仲間にくわわったのはまちがいない。

　さらにわかったのは、ダオ・リンをふくめて全知女性は十八名だということ。つねに十八名で、その数が上下することはない。

　十八名の全知女性全員が、向こうの平地に着陸した船のなかにいる。

　そこまではいい……だが、十八名のなかからダオ・リン＝ヘイの思考パターンをふるいわけるのは、とにかく、不可能に思える。

　全知女性のだれも、自分自身のこと、自分の過去や生涯、欲求、苦悩、ほかのなんであれ、なにひとつも考えていない。自分の名前すら。

　彼女たち全員で、閉じられたひとつの環、プシオン性ユニットを形成している。

　ポエル・アルカウンはすでに一度、この環に触れ、それがおよぼす力を感じたもの。全知女性の力は、とてつもなく大きい。ただ触れただけで、ポエル・アルカウンのみならずニッキ・フリッケルもほとんど死にかけたほど。

だが、この惑星では、全知女性の力はなんの効果をおよぼすことなく消えた。

ポエル・アルカウンは、なぜそうなのか自問したものの、答えは見つからない。

全知女性の環は、はっきりと容易に感じとることができるため、ポエルはこの環に近づくのに、パラ露さえ必要としなかった。それでも、全知女性を盗聴するのが困難だとすれば、それはきっと精神的なものにちがいない。

全知女性は、もはや通常のようには思考しない。ただ自分自身について考えるのをやめただけでなく、ほかのすべてを放棄していた。もはや、周囲に対する興味を失ったようだ。ギャラクティカーのことさえ、まったく認知していないのではないか。ポエルはときおり、そんな気がしたもの。

全知女性の思考は、恐怖と意識消失の入り乱れたものだった。そのなかに、ポジティヴなインパルスはひとつとして存在しない。とはいえ、奇妙にも恐怖さえそこでは無意味なものだった。

全知女性は、秘密を恐れている……それは無理もない。それでも、その秘密がなんなのか、およそ考えようともしない。それは不自然だった。もしポエル・アルカウンが事情を知らなければ、いま彼女がとらえているインパルスは、秘密などまったく存在しない……あるいは、全知女性自身、それがどのような秘密であるのかを知らない、と、おそらく確信させるものだろう。

もちろん、ばかげた話だ。

ファーストコンタクトのさい、ポエル・アルカウンは、表面的思考の奥にあるなにかを感じ、全知女性はただちにこれに反応したもの。女テフローダーに、秘密の一角すらつかむ余裕をあたえずに、たちまちはげしく攻撃してきた。

ポエル・アルカウンは、全知女性があの事件をおぼえていて、予防処置を講じたという前提でいた。彼女たちはもちろん、ダオ・リン＝ヘイを追っていた者が、憎むべきギャラクティカーに属すると知っているのだ。もう二度と、危険を冒す気はないのだろう。

それゆえ、全知女性はどうやら秘密を思考から排除することにしたようだ。秘密について考えなければ、だれももうなにも知ることはできないから。

この説明はまったく論理的に聞こえるものの、実際には、ほとんど狂気の沙汰だ。疑う余地なく、全知女性でさえ、そのような計画に持ちこたえるのはほとんど不可能というもの。ポエル・アルカウンは思った。これが、全知女性がパラ露の影響をつねに受けつづける理由にちがいない。全知女性がプシ物質から得るさらなる力だけが、思考をあらゆる秘密から遠ざけることを可能にするわけだ。

もっとも、これが長くつづけば、あまり彼女たちのためになるようには思えない。思考はますます混乱し、幻影をもたらすだろう。

幻影。ポエル・アルカウンはそれを知っている気がした。炎に関するものだろう。女テフローダーは、その幻影を恐れていた。渦のごとく、全知女性の環に襲いかかる狂気が恐い。その渦のなかにのみこまれるのを恐れていた。そこで自分が消えてしまうかもしれないから。

ポエルは全知女性ではない。だから……カルタン人のように……その渦の縁にとどまることはできないだろう。

ダオ・リン＝ヘイを探しはじめた当初、そう思ったものだが、時間が経過するにつれて、全知女性の力にも限界があることがますますはっきりわかった。渦が強まり、全知女性はますます深くそのなかに巻きこまれていく。

ダオ・リン＝ヘイはどこにいるのか？

彼女はこの環に属している。それは明らかだ。それでも、とにかく、見つからない。そもそも、全知女性たちのなかからダオ・リン＝ヘイを見つけだすのは容易なはず。ほかの全知女性は全員、高齢だ。ダオ・リンだけが例外だった。たしかに、非常に若いとはいえなくとも、あのなかでは充分に目だつはず。

ポエル・アルカウンは、テレパシー能力だけでなく、映像化能力にも恵まれていた。テレパシーで盗聴する対象者の周囲で起きることが映像として見えるのだ。全知女性の環を見ることもできたが、そこに若いカルタン人の姿はない。環のなかにいるのは、老女だけのようだ。

ポエルは思った。これもまた予防処置だろう。

向こうの船内では、すでにポエルがダオ・リンとのメンタル・コンタクトを確立したと気づいたにちがいない。そこから危険が生じる。というのも、思考バリア、カルタン人の秘密に関するあらゆる記憶の層はどこにも隙間がないほど完全ではありえないから。ポエルが、ダオ・リンの思考に近づくことができれば、そこにこの隙間が見つかるだろう。

それゆえ、全知女性全員がダオ・リンをさらに守っているのだ。

このバリアを突破できないとわかったとき、女テフローダーは失敗を報告するために、ニッキ・フリッケルのもとに重い気分で向かった。

ニッキ・フリッケルもすでに、いくつかの点について徹底的に考えなおしたようだ。というのも、非常に注意深く、ポエル・アルカウンの話に耳をかたむけたから。やがて船長は、引きつづき盗聴を試みるよう、たのんだ。

ポエルはやる気になった。自席にもどり、パラ露の助けを借り、恐怖に身ぶるいしながらも、ふたたび全知女性の思考の世界に飛びこむ。

＊

「ポエルは、ダオ・リンに近づけないらしいの」ニッキ・フリッケルが、ごく親しい仲間うちでいった。「状況が変わるとは思えない。全知女性たちは、ポエルがその意志に逆らってなにかを達成するには、あまりに強いもの。全員でダオ・リンを守っているのよ。疑う余地なく、それには正当な理由があるにちがいないわ」

船長は考えこみながら、友たちを見まわすが、だれも異議を唱えない。

「ダオ・リン＝ヘイは、ものごとを、あるいは自分自身をかんたんにあきらめるようなタイプではないわ」ニッキは先をつづけた。「ダオ・リンは、可能性があれば戦うはず……まさにいまもそうよ。わたしたちのこの惑星における滞在をめちゃめちゃにするでしょう。だれもが知っているわ。彼女がどのような能力をそなえているのか」

ふたたび、間をとった。

「全知女性自身が彼女をおさえつけていると思っているのか」ウィド・ヘルフリッチが推測し、ニッキ・フリッケルは友に対し、深い感謝の念をおぼえた。

自分が計画したものに対する責任を負うことが恐いわけではない……それでも、自分と意見を同じくする者がひとりもいないと認めざるをえなければ、不安に駆られただろう。

「ええ」船長はいった。「まさにわたしもそう思っていたわ。わたしはダオ・リンを知っている……みずから進んでじっとしているわけがない。それに、自殺を考えるはずもないわ。わたしたちを追いはらうチャンスがあるかぎり」

「彼女にチャンスなんてあるのか？」

ニッキは、一瞬笑みを浮かべ、

「彼女なら、チャンスをみずからつかむわ」と、断言した。「それが疑わしい場合、自殺するよりむしろ戦って敗《やぶ》れるほうを選ぶでしょうよ」

「全知女性が自殺するつもりだというのは、まちがいないのか？」ナークトルが訊いた。

ニッキ・フリッケルは、ポエル・アルカウンからすでに報告を受けていたことを思いだし、

「ええ」と、応じた。「それしかほかに手はないという狂気に、しだいに強くとらわれているようよ」

「ならば、われわれ、なにをここで待っているのか、わからないな」ウィド・ヘルフリッチがいらいらしたようすでうなった。「だれも、彼女たちが自殺するのを見守るよう、われわれに要求などできないはずだ」

「全知女性たちには、みずからの運命を決める権利がある」ナークトルが口をはさんだ。

「〝みずから〟の運命はな」ウィドが強調するようにいった。「だが、ダオ・リン＝ヘイの運命ではない。全知女性がぜがひでも死をもとめるのならば、それはべつの問題だ……とはいえ、だれかに自殺を強いる権利はない」

「わたしもそう思うわ」ニッキ・フリッケルが安堵の息をつきながらいった。「そして、それは、介入する倫理的権利をわたしたちにあたえるもの。全知女性の船に突撃し、ダオ・リンを救出するのよ。そのさい、ほかの全知女性たちを自身とその狂気から救えれば、それにこしたことはないわ」

船長に異議を唱えようとする者は、ひとりもいなかった。

いずれにせよ、おそらくほとんどの乗員が、すでにあまりにも長く待ちすぎたと思っているのだろう。全知女性はそこにいて、秘密は手がとどくほど近くにある。おまけに、こんどはどうやらカルタン人も、抵抗するつもりはなさそうだ……不可解だが、かならずしも不快ではないだろう。相手がそのプシ能力でしでかすことを考えれば。

「いつ、開始する？」ウィドが訊いた。

「すべての用意がととのいしだいよ」ニッキ・フリッケルが応じた。「急がなければ。おそらく、わたしたちにはもうあまり時間がないもの」

10

ポエル・アルカウンはほとんどあきらめかけていた……だが、完全にあきらめたわけではない。彼女はさらにつづけた。ダオ・リン＝ヘイはあの船のなかにいる。そこにいるにちがいない。したがって、彼女を見つけだすのは可能なはず。

全知女性は十八名いた。船内に全知女性十八名が見える。十八の思考パターンが……たとえ、非常に苦労したとしても……雑然のなかから読みとれる。そのうちのひとつがダオ・リンのものにちがいない。

ポエルは、直接ダオ・リン宛てにテレパシー性メッセージを送ってみた。名乗りでるよう、たのんだのだ。文字どおり、コンタクトを希望して。

応答はない。

〈あなたたちがわたしたちにあたえることのできないものは、なにひとつ望まないわ〉思考でそう告げる。〈全知女性のだれかと話したいだけなの……あるいは全員と。あなたたちさえよければね。なにかを無理強いするつもりはないわ。助けが必要なら、助け

たいの。どうか、わたしたちと話をしてちょうだい！〉

答えはない。

〈ダオ・リン＝ヘイ、そこにいるのはわかっているわ。わたしには、あなたが命を捨てるつもりだとは思えない。話をしましょう。たのむから！〉

応答はない。

そのさい、カルタン人に対する共感をメッセージの言葉にこめた。彼女は、この種族が好きなのだ。その感情はほんもので、うそいつわりのないもの。カルタン人のようなすぐれたエスパーならば、それがわかるにちがいない。

それでも反応はない。

あの渦が、突然さらに狭《せば》まるまでは。

ポエル・アルカウンは驚いた。ニュレロ星系からまだ遠くはなれていたとき、最初のコンタクトですでに、全知女性たちの思考がある目標に向けられていると感じていた。それは本来、目標ではありえないもの……死だ。毎回、それはすこしずつはっきりとしてきた。のちに、このプロセスは遅くなる。いま、それが加速したのだ。

全知女性たちもまた、生に執着している。たしかに、彼女たちは円熟した高齢者かもしれない……それでも、自分の死を思うと、どうしてもほかの考えが浮かんでしまうのだ。たとえ自分の使命に対する信念があったとしても、生きたいという思いを変えられないのだ。

だが、いまもなおその思いが存在するものの、それらは弱まっていく。秘密をぜがひでも守るという必要性についての自覚から、なにかが生じた。ますます、死への憧れをしめすものが。

ポエルはこれが結論だと知り、驚いた。実際、全知女性はそうするだろう。彼女たちは、かろうじて最後の一歩を踏みとどまっていた。そして、彼女たちとともに、彼女たちがそれを守るために生きてきた、すべてが消えうせる……カルタン人の秘密が。

消えうせる。永遠に失われるのだ。

〈いいえ！〉彼女は、思考のなかで叫んだ。〈やめて！〉

同時に、集中力の一部を解く。

「全知女性は自殺するわ！」彼女は、しずまりかえった自室のなかで叫んだ。「お願いだから、どうにかして！」

〈われわれは、もうすでにとりかかっている〉声が応じた。女テフローダーは突然、姿勢を正し、目を開けた。

スクリーンには、平地が、カルタン人の遠距離船が……そしてグライダーがうつしだされている。

この瞬間、ポエル・アルカウンは事実を知った。全知女性はけっして、自由意志で自発的に〝いま〟決着をつけることを決意したわけではない。ギャラクティカーが、彼女たちの船に向かっている。船に力ずくで侵入し、全知女性を環から引きはなし、秘密を聞きだそうとするだろう。

ポエルには、全知女性たちの姿が見えた。そして、〝ヌジャラの涙〟、パラ露のしずく数百個が。炎の幻影が見え、カルタン人がなにをするつもりかを知った。

グライダー数機が、すでに船のすぐそばまで接近していた。近すぎる。もし、カルタン人がそのような大量のパラ露をとっさに爆燃させたなら、グライダーとその乗員の多くが失われるだろう。

「もどるのよ！」ポエル・アルカウンが金切り声で叫んだ。「ニッキ……ただちにもどって！」

船からポエルに向かってインパルスが押しよせ、突然、グライダー内の乗員の恐怖と混じる。悲鳴と命令する声が聞こえ、カオスがはじまった。目の前で、炎が燃えあがる。この炎は、カルタン人の幻影から生じたものではなく、ここ、ポエル・アルカウンのキャビン内に発生したものだ。

「だめよ、退却して！　中止するのよ！」

彼女にはもう、自分が実際に叫んだのか、あるいはただそう考えただけなのか、わからなかった。カルタン人の死への憧れは、まるで吸引力のように、ポエルをとらえ、はなそうとしない。

　ポエルは、アイデンティティ、思考、頭のなかの映像を守ろうと戦った。彼女自身、パラ露を摂取したことにより、全知女性とのあいだに危険に満ちたコンタクトが確立する。

　炎が明るく燃えあがり、ポエル・アルカウンははっきりと熱を感じた。それでも、炎の向こうに、全知女性たちの姿が見える。これまでよりもはっきりと。まるで、自分が船内の全知女性のそばにいるかのごとく。

　その理由はわかった。

　全知女性たちが、計画に完全に集中しなくてはならなくなったから。最後の瞬間に、みずからの防御をあきらめたということ。

　これは、ポエルが望んでいたチャンスだった。自身を引きはなし、思考を向こうの環から解きはなつと、熱が消えたのを感じる。スピーカーから声が押しよせた。グライダーは脱出し、たちまち船からはなれていく。

　ポエルは考えた。全知女性たちは、どれくらいの量のパラ露を保持しているのか。彼女たちはまもなく祖先の居住地を殲滅《せんめつ》し、そのシュプールを永遠に消しさるつもりだろうか？　いま全知女性が置かれている心身状態では、ギャラクティカーの搭載艇を乗員もろとも吹きとばしても、彼女たちはなんとも思わないだろう。

「なんてことなの！」

ニッキ・フリッケルの声だ。

ポエルはスクリーンを見あげた。カルタン人の船があった場所に、ひとつの光点が生じ、大きくなると同時に爆発した。

全知女性たちは、存在することをやめたのだ。

そして、自身とその船だけを破壊した。グライダーに乗るギャラクティカーは、ポエル・アルカウンの警告がまにあい、カタストロフィをまぬがれた。そうでなかったとしても……犠牲者の数はごくわずかだっただろう。搭載艇はいずれも、なんの被害も受けることなく、宇宙空間にあった船もすべて無事だ。

全知女性たちは、敵を巻きぞえに死ぬことはしなかったのだ。

なぜか？

彼女たちには、配慮する理由などなにもなかったはず。

ポエルは、疲労困憊《こんぱい》し、精も根もつきはてたと感じた。それでも、なにかおちつかない。急がなければ。そう感じていた。謎を解かなければならない。しかもただちに。ギャラクティカーがまだニュレロにいて、シュプールがまだ熱いうちに。

全知女性たちは、ギャラクティカーに危害をくわえなかった。そして、ギャラクティカーは、全知女性たちの破滅の目撃者だ。どうも腑に落ちない。

最後の瞬間に見えた光景。あれはどういうことか？

ポエルには、全知女性たちの姿がはっきりと見えた。全員で十八名。そして、バリアはもう存在しなかった。

十八名の全知女性。十八名の老女。若い女カルタン人は、そのなかにいなかった。

ポエルは突然、姿勢を正した。これがなにを意味するのか、わかったのだ。

ダオ・リン＝ヘイは、まだ生きている。

そして、ダオ・リン＝ヘイはカルタン人の秘密を知っているはずだ。

＊

「たしかなの？」ニッキ・フリッケルが訊いた。

ポエル・アルカウンはうなずいた。

「全知女性のひとりがにせものなら、ほかの者たちもひょっとしたらにせものかもしれない」PIGの女チーフが考えこみながらいう。「いかにも、カルタン人のやりそうなことね。わたしたちをにせのシュプールにおびきよせたのよ。それゆえ、あのにせものの全知女性たちは、われわれを攻撃しなかった。したくてもできなかったのよ。わたしたちを潰滅《かいめつ》させるほどの力がなかったんだわ」

女テフローダーはなにもいわない。たしかに、ニッキがいま口にした疑惑はおのずと頭に浮かんだもの。それでも、実際にそれを聞きたくなかった。カルタン人がそのようなことをやりかねないとは思いたくない。全知女性が老カルタン人を犠牲にし、ダオ・リンもこのゲームに関与したと考えるだけで、すでに充分に辛かったから。

それはべつとして、全知女性には……それがにせものであれほんものであれ……ギャラクティカーを破滅におとしいれるだけの力がないと、ニッキ・フリッケルが考えているのなら、それは思いちがいというもの。彼女たちには、まったく可能だっただろう。ただ、それは全知女性の計画にふくまれていなかっただけ。

「ダオ・リンを見つけなければ」ニッキ・フリッケルがいった。「たとえ、船内でなにがあったとしても……彼女はいま、ひとりきりでこの惑星にいるにちがいないわ。だれも彼女を助けに駆けつけることはできないし、わたしの推測が正しければ、武器さえ所持していないはず。この惑星で、最小限の装備で身動きがとれないでいるのよ。われわれの探知装置にひっかかるようなものは、なにひとつ携帯するわけにはいかなかったはずだから。これ以上の好機はもう二度と訪れないわ。ダオ・リンを捕らえなければ」

「そもそも、彼女が船内にいたかどうかさえ、わかりません」ポエルが冷静にいった。「わたしはこれまで、ほかの全知女性が彼女を守り、それゆえ彼女を見つけだすことができないと思っていました。でも、全知女性たちは死んだというのに、わたしはまだダオ・リンをまったく見つけられない。もし彼女がニュレロにいるのなら、すでに自身をバリアで守っているにちがいありません。彼女を見つけるには、おそらくわたしよりもすぐれた能力がないと」

この瞬間、ポエルが身をすくませた。ニッキ・フリッケルはそれを見逃さず、「ダオ・リンはどこにいるの？」と、訊いた。その目が光っている。

全知女性たちの死に、船長はショックを受けたようだが、それでもいまだ狩り熱にとりつかれているらしい。

「廃墟のなかです」ポエルが疲れ果てたようすでつぶやいた。「案内します」

かわいそうなダオ・リン。彼女は思った。〈なぜ、あなたはバリアを開けたの？〉

＊

ダオ・リン＝ヘイは思った。ポエル・アルカウンとこの件について、すこし話をしてもよかったのだが。

それにしても、ギャラクティカーがこれほどの時間をかけるとは思わなかった……カタストロフィの前にもあとにも。

ダオ・リンは、かれらが着陸したとたん、《アルドゥスタアル》に突入してくると思っていたのだが。そのかわりに、かれらは廃墟を調べた。どうやら、なにかを発見したようだ。それは本来、予想外の行動だったが、たいしたことではない。

いずれにせよ、ギャラクティカーが知りえたことは、なにひとつなかっただろう。結局、かれらは攻撃にうつり、ダオ・リンはカタストロフィをくいとめることができなかった。

なににもまして、これにはまいった。

恐ろしいことだ。みずからにいい聞かせた。これは、自分が計画したものではないし、同意したわけでもない。それでも、遺憾ながらまったくなにも変わらない。

ダオ・リンはこの件に関与した。それゆえ、同罪なのだ。

ギャラクティカーがあれほど興味津々で廃墟をつきまわるのを見て、ダオ・リン＝ヘイは、充分な時間を稼げると思ったもの。船内の老カルタン人十八名は、たしかに全知女性ではないものの、優秀なエスパーで大量のパラ露を摂取できる。さらに、彼女たちには、自分自身とみずからに課せられた役割について熟考するために充分な時間があった。ダオ・リンはそう思っていた。

彼女たちを説得し、防衛させるのは可能にちがいない。

ギャラクティカーは、探求熱に浮かされ、注意散漫になっていた。かれらに一発見舞うのは、容易だったはず。ひょっとしたら、どうしようもない恐怖心を起こさせ、あわてふためきニュレロから逃げだすよう、しむけることさえできただろう。ギャラクティカーが惑星をはなれさえすれば、かれらから永遠に逃れる可能性も見つかる。

だが、老女たちは反応しなかった。パラ露に夢中だったから。ダオ・リンは、プシ物質のこの副作用に衝撃を受けた。当初、そのどれもがまだ比較的無害に思えたが、やがてパラ露は、にせものの全知女性たちの脳にひどい損傷をもたらした。ダオ・リン自身が〝ヌジャラの涙〟を恐れたほど。

せめて、ヴァイ・シン〟ヘイだけでも救えたなら！

ダオ・リンの記憶のなかの師は、きわめて冷静に思考するカルタン人だった。ヴァイ・シンがなにかにだまされることは、けっしてない。どのような命令にも、けっしてやみくもにしたがうことはなかった。自分自身の感情にさえ、つねに懐疑的に向きあったもの。

〝ヌジャラの涙〟の影響がそのすべてを打ち砕き、ヴァイ・シンを操り人形に変えてしまった。

ダオ・リンにはよくわかった。この事件が起きたのは、ギャラクティカーの行動のせいだけではない。

主たる責任は、ほんものの全知女性にある。

彼女たちは熟考し、すでに頻繁に〝ヌジャラの涙〟を人生において摂取してきたカルタン人をかき集めた。疑いなく、彼女たちはパラ露がこれらの老カルタン人にどのような影響をもたらすかを正確に知っていたにちがいない。そして、これを利用したのだ。

ほんものの全知女性が、殺人者と化したわけだ。

ダオ・リンは、彼女たちを救えると最後まで信じようとしたが、途中で、ただ自分をごまかしていただけだと気づいた。全知女性の計画は完璧だ。本当は、はじめからわかっていたはず。ただ、そう認めたくなかっただけだ。

終わりが近づいたとき、ダオ・リンは環からヴァイ・シンを遠ざけようとした。介入が早すぎてはならないことも知っていた。そして、それゆえに、ほとんど気が狂いそうだった。

ダオ・リンはほんものの全知女性であり、秘密を知っていた。秘密は守られなければならない。そうわかっていた。そして、その理由も。秘密を漏らすくらいなら、いっそのこと死を選ぶだろう。

それゆえ、この計画を危険にさらすわけにはいかなかった。そのせいで自分を憎んだとしても。全知女性の計画は犯罪だ。それでも、その計画を妨げ、秘密を危険にさらすことは、それに劣らないくらい重い罪だろう。

ダオ・リンは、ギャラクティカーのなかに、ひとりエスパーがいることにたちまち気づいた。驚いたことに、そのポエル・アルカウンという名のエスパーは、老カルタン人の環を盗聴しようとした。ダオ・リン自身は驚いて手をひっこめたもの。というのも、ヴァイ・シンとそのほかの犠牲者がますます深く狂気におちいるのを感じ、完全に精神がまいってしまいそうになったから。

ひょっとしたら、ポエル・アルカウンは、この驚きを感じるほど充分に繊細ではないのかもしれない。ダオ・リンはそれを確認するため、異エスパーに接近しようとしたことは一度もない。見つけられるのが恐かったから。

もっとも、ポエル・アルカウンの能力レベルがどうであれ……もし、にせものの全知女性たちが突然姿を消したなら、彼女はきっとそれに気づき、疑念をいだいたにちがいない。

ダオ・リンはみずからにいい聞かせた。終わりが近づけば、ポエル・アルカウンは監視をやめるだろう。正気を失う危険にみずからおちいりたくなければ、身を引くにちがいない。そうなれば、ダオ・リンにチャンスが訪れるというもの。

いずれにせよ、そう思っていた。

ところが、あの異エスパーは、手遅れになるまでその場にとどまったのだ。

それでも、ダオ・リン＝ヘイは試みた。〝ヌジャラの涙〟がすでに昇華し、プシオン・エネルギーが《アルドゥスタアル》全体を揺るがしたとき、ダオ・リンは師を解放しようと、この地獄のまっただなかに飛びこんだのだ。

手遅れだった。たしかに、ヴァイ・シンとほかの者たちはまだ生きてはいたものの、破滅していたから。ダオ・リンは、もう彼女たちに近づけなかった。それに、もしヴァイ・シンに到達できたとしても、手の施しようがなかっただろう。すでに火傷がひどすぎたから。

間一髪で、ヴァイ・シンはカタストロフィを逃れた。現在、かくれ場として選んでお

いたドーム内に横たわり、痛みにのたうちまわっている。

外傷はそれほど酷くはない。火傷をいくつか負っただけ。ほうっておいても、治るだ

ろう。問題は、精神的ショックだ。プシオン性の炎が精神を焦《こ》がした……いずれにせよ、

そう感じていた。頭のなかで巨大な鐘が鳴り響いているかのようだ。神経がそれに反応

し、まったく怪我を負っていない個所に不気味な痛みをもたらす。

なぜギャラクティカーは、まだ、撤退すらしていないのか？

実際、自分たちが全知女性を死に追いこんだと、思っているにちがいない。

なぜ、かれらはこの自殺行為を目にして、あわてふためき逃げだすほどの、羞恥心《しゅうち》と

恐怖を感じないのか？

なんと、ギャラクティカーは惑星にとどまったのだ。ダオ・リン＝ヘイは、いずれに

せよ、痛みのあまりほとんど正気を失いかけていた。それでも、思考と感情をおさえな

ければならない。異エスパーに見つからないように。これがうまくいくか、自信がない。

意志力は弱まっていた。燃えつきたように感じる。ヴァイ・シンの死を悼むことさえで

きない。痛みがあらゆる感情をおおう。

あれは、なんだろう？

はげしいうなり声と叫び声が聞こえる。はっきりと聞きとれるほど、なにかがそばに降り立った。すると、細い指が触れるのを感じる。

やっとのことで目を開けた。

それは、このかくれ場まで道案内した生物だった。非常に興奮しているようだ。ダオ・リンをしきりにひっぱり、ドームの奥深くに連れこもうとしている。

ダオ・リンは生物に、やめるよう告げたかったが、声が出ない。次の瞬間、問題はおのずと解決した。ちいさな異生物が毛を逆立て、猛スピードで遠ざかっていったのだ。その場所に、たちまち……いずれにせよ、ダオ・リンにはそう見えた……べつの姿があらわれた。その顔を見たとたん、わかった。結局、わたしは負けたのだ。

この顔を知っている。

あの異エスパーだ。

ダオ・リンの抵抗力はたちまち衰え、意識を失った。

＊

ふたたび意識をとりもどしたとき、痛みは消えていた。自分が弱っているのがわかる。疲労困憊だが、すぐに回復するだろう。

ギャラクティカーふたりが、そばにいた。ひとりは、異エスパーだ。もうひとりは、ニッキ・フリッケルという名だった。驚いたことに、敵の手に落ちたとわかっても、とくになにも感じない。ニッキ・フリッケルが話す言葉を冷ややかに、無関心で聞いていた。

「あなたのこともあなたの種族のことも傷つけるつもりはないのよ」ニッキ・フリッケルが告げた。「ただ、あなたと話をしたいだけ。なにも強要しないわ」

そういった話だった。

あなたたちは、ただわれわれの秘密を知りたかっただけじゃないのか？　ダオ・リンはそう考えた。もう、どうでもいい。自問してみる。この奇妙な精神状態はショックによるものなのか。あるいはギャラクティカーが、わたしになにかしたのか。ヴァイ・シンとほかの者たちのあとを追うことで、わたしがギャラクティカーとその問いかけをまぬがれることができないように。おそらく、そのとおりだろう。

「あなたたちが知りうることはなにもない」ニッキ・フリッケルに充分に長いあいだ説得されたあと、ダオ・リン＝ヘイが告げた。

全知女性がわたしをギャラクティカーの手から解放するだろう。それはたしかだ。全知女性はそうしなければならない。わたしは秘密を知っている。そして、わたしに秘密を漏らさせるわけにはいかないだろうから。そこになんらかの危険が生じるからではない。ギャラクティカーがなにをしようとも、わたしはなにもいわないだろう。すくなくともこの点においては、依然として自分の能力に自信がある。

「なぜ、わたしたちと話そうとしないの？」ニッキ・フリッケルが聞き返した。「あなたと、あなたの種族にとってけっして悪い話ではないと思うの」

わたしがそれを受け入れると、本気で思っているのか？　ダオ・リンはそう考えた。

「カルタン人は、あなたたちに追っ手をさしむけるだろう」ダオ・リンが告げたが、嫌悪感はない。それは脅迫ではなく、きわめて冷静な断定だった。「わたしを船に乗せているかぎり、あなたたちにとって、もうどこにも安全な場所はない。どこにも着陸できないだろう。やがて窮地におちいり、わたしを解放するはめになる。ならば、ただちにわたしを解放したほうが賢いというもの」

ふたりは、ダオ・リンの言葉を信じなかった。とはいえ、まもなくそれを信じることになるだろう。

死者のハーモニー

ロベルト・フェルトホフ

登場人物

サラアム・シイン…………………オファラー。たぐいまれな才能をもつ名歌手
オンデク……………………………同。サラアムの幼なじみ。親友
カレング・プロオ…………………同。サラアムの好敵手。名歌手
グラウクム…………………………同。惑星マルダカアンの法典守護者
アラスカ・シェーデレーア………ネットウォーカー。もとマスクの男
ロワ・ダントン……………………ローダンの息子
ロナルド・テケナー………………あばたの男

1

生徒

惑星ザアトゥルに冬が訪れた。このとき、はじめてサラアム・シインは、審査委員の前で自分の能力を披露する機会に恵まれたのだ。

それはけっして、正確な理論的基礎知識を問うものではない。むしろ、音響とプシオニックの相互作用を効果的にもたらす力をためすものだ。もちろん、この試験を夏に延期することもできただろう……だが、いまは絶好調で準備万端だ。

「息子よ！　準備は万全か！」

はじめは、この興奮した言葉がだれに向けられたものなのか、わからなかった。

「合格するのだ、サラアム・シイン！」

たちまち、驚いてわれに返る。そうだ、試験だ……審査委員たちを待たせるわけにはいかない。

マルダカアン暦では、きょうで満一歳半になる。シオム・ソム銀河の標準暦に換算すれば、十六、七歳にあたる。そのすべての時間を、地元の声楽学校ですごしてきた。そこでは、音楽と系列分野の上級者向け教材だけでなく、ほかの学問の基礎知識も、さらに紋章の門の歴史、永遠の戦士イジャルコルとそのほか多くの歴史を学べる。

遠方まで旅する歌手によれば、エスタルトゥじゅうでオファラーに出くわすらしい。多くの永遠の戦士が、大よろこびでオファラーの奉仕を受け入れた。オファラーの言語が、複雑な音声の連なりと暗示インパルスからなるためだ。合唱団ひとつで、ほとんどすべての既知生物を意のままに操ることができるという。

「サラアム・シイン！」

こんどは、はっきりとわかった。父親の声が不機嫌そうに聞こえる。「すぐに行くから！」それゆえ、叫んだ。

その声は、家じゅうのプシオンを蓄積した音の絨毯《じゅうたん》に完璧に溶けこんでいく。父親がいらいらしながら、器官房におおわれた頭をかしげるのが見えた。サラアム・シインは、からだにやや違和感をおぼえながらも、立ちあがる。

玄関ホールに、家族全員が集まっていた。だれもが、かれのはじめての重要な試験が目前にさし迫っていることを知っている。

「幸運を！」家族が歌うようにいった。「幸運を祈る、サラアム・シイン！」

三音の連なりからなるその短い旋律のおかげで、思わず勇気が湧いた。

父親といっしょに家を出る。近くの駐機場にグライダーが停めてあった。かなりの大型機体だが、大家族にはちょうどいい大きさだ。もっともいまは、がらんとした空間にサラアム・シインはほとんど胸を締めつけられるような気がした。一分以上にわたり、音楽のかわりに沈黙が機内を支配する。

「最初の試験には、わたしのほかにはだれもつきそわないしきたりだ、サラアム・シイン」父親がきっぱりと告げる。「わたしもおまえの年ごろには、恐かったものさ。おまえも似たような感じに見えるが。それでも、それはいけない、息子よ……恐れは心を害し、気道をこわばらせるもの」

「恐くなんかないさ」サラアム・シインは嘘をついた。

父親は、息子のようすを横目でうかがう。かさぶた様の赤い肌が、数秒ほど青白いヴェールにおおわれたように見えた。

「知っておいてほしい、息子よ。おまえくらいの年齢のとき、わたしはマルダカアンの〝ゲームの歌〟を選んだ。発話膜に負担をかけすぎない効果的旋律で、確実なものだ。同じ選曲をしたらどうだ」

「そ……そういうわけにはいかないよ」サラアム・シインが応じる。

頭に血がのぼった。父親が試験の直前に、よりによってこの話題を切りだすとは思わなかった。試験でなにを歌うかの選択は、完全に受験者自身にゆだねられているのだ。

「なぜだ？」父親が、驚いて訊いた。「わたしを信じていい。本当に確実な歌だ。おまえはすでに、ほかの課題をすべて習得している。法典守護者の歌も、暗示的真実の歌も……」

「そうじゃない！」サラアム・シインがさえぎった。器官房の振動が、内心の不安の大きさをしめす。「ぼくはちがうものを選んだんだ……シオム・ソム銀河の〝紋章の門の歌〟を歌う！」

いってしまった。それについて、事前にはなにもいいたくなかったのだが。

父親は、ひたすら信じられないようすだ。「〝紋章の門の歌〟だと……一人前の歌手が選ぶものだ！　生徒ではなく！　子供には、なおさらのこと！　サラアム・シイン、おまえは軽率だ。そうだ、軽率すぎる……これは、ただの練習ではなく、おまえのはじめての試験だ。いままで苦労して学んできたことを、すべて棒にふるつもりか！」

「やりとげてみせるとも」

思わず挑戦的な言葉が口をついて出た。ほとんど抑制の効かない声で。

「本当にそう思うのか、サラアム・シイン？」

知っていた。父親が試験の選曲について息子に強要することは許されない。のこりの移動時間は、ふたたびグライダー内を沈黙が支配した。サラアム・シインは、父親がどれほど心配しているか、ほとんどからだで感じとれる。そのうえ、かなり絶望しているようだ。ひたすら苦労して、おちつこうとしている。

ぼくは、自分が合格できると確信してたんじゃないのか？　マルダカアン暦のどれくらい多くの時間を費《つい》やして、家の自室でこっそり練習を重ね、くりかえし〝紋章の門の歌〟を聴き、もっとも繊細なプシオン性ニュアンスを習得してきたのか……もう、わからない。ときおり、頸のつけ根の発話膜におおわれた軟骨リングが練習のしすぎで腫れた。そういうときは、だれにも不審に思われないよう、ぐあいが悪いせいにしなければならなかったが。

もちろん……自分は地元の声楽学校史上、〝紋章の門の歌〟を最初の課題曲として選んだはじめての受験者になるだろう。これまで、マルダカアン暦で一歳半にしてあえてこの曲にとりくもうとした者はだれもいない……それがサラアム・シインであり、いつの日か、声楽学校の校長の地位にのぼりつめるだろう。それは、翌日も恒星が昇るように確実なことだった。

＊

故郷惑星ザアトゥルは、ちいさな、とるにたらない植民地惑星だ。そこでは、いまもなお母星マルダカアン暦を保持している。植民地オファラーは、その恒星をアスクと名づけた。恒星は、シオム・ソム銀河辺縁の、直径およそ二百五十光年のオファラーの星間帝国のはずれに位置する。

そして、いま、このとるにたらないちいさな惑星の数少ないいずれの都市からも遠くはなれたところにある建物内で、サラアム・シインのはじめての試験が予定されていた。この大舞台にのぞむにあたって、自分がとるにたらない存在であることをサラアム・シイン自身、よくわかっていた。それでも、まさにこの自覚のおかげで、目前に迫る試験を正しい位置づけでとらえることができた。つまり、この試験を……それがなんであれ……これから受けることになる多数の試験のうちのひとつにすぎないとみなしたのだ。

試験会場は、ほとんど光を反射しないグラシット・コンクリートでできた無色のドームだった。サラアム・シインは、父親とともにグライダーを降りた。数秒後、玄関からまっすぐに控室につづく通廊を進んだ。

「幸運を祈る、サラアム・シイン！」父親は、暗く低い声で歌うようにいった。「幸運を……」

息子には、もうなにも聞こえない。父親の懸念に注意をはらうには、もう遅すぎた。抱きしめようとした父親の腕一対をさりげなく拒み、殺風景《さつぷうけい》な生徒用控室に足を踏みいれる。

「おや、サラアム・シイン！」

オンデクが近づいてくるのが見えた。どうやら、自分と同じ時間帯に試験を受けるようだ。オンデクは、非常に背の低いオファァラーだった。右側の皮膚は、サラアム・シインのような燃える赤ではなく、青っぽい色だ。さらに、友には六対のうち二対の腕が欠けている。そのせいで、身障者と陰口をたたかれることもしばしば。それでも、サラアム・シインはオンデクの歌の技能を高く評価していた。ちびオファァラーは、マルダカアン暦で一歳半のふつうの生徒よりも、はるかに巧みに環状発話膜を操るすべを知っていた。

「ごきげんよう！」サラアム・シインが歌うように応じた。声の調子から緊張していると気づかれなければいいのだが。

「いよいよだな。審査委員会はもう〝ハーモニーのドーム〟の準備をととのえたようだ……きみはなにを歌うつもり、サラアム・シイン？　ぼくは、〝アスクの歌〟にしたよ。確実な曲じゃないか？」

とりあえず、サラアム・シインは不機嫌そうな低い声をあげてみた。話したくてうずうずしているオンデクの矛先《ほこさき》を自分に向けさせないよう、用心しなくては。

「おい、サラアム・シイン……聞こえなかったのか？　きみは、なにを歌うんだい？　ひょっとしたら、故郷惑星ザアトゥルのソネットか？　あるいは、ぼくみたいな大作のひとつかな？……おい、聞いていないのか、サラアム・シイン！」

「ちゃんと聞いているとも。きみの声量は充分だ、オンデク」

ちびオファラーは、このほのめかしを理解しなかったようだ。「サラアム・シイン、知りたくてたまらないんだ、わかるか？」

「ああ、わかるとも。ぼくは、シオム・ソム銀河の〝紋章の門の歌〟にした」

数秒間、オンデクはなにもいわなかった。やがて、こう告げた。「本気でそれをためすというのなら、正気じゃない」

サラアム・シインは、相手に理解されるとは思っていなかった。オンデクの意見など、どうでもいい。本当に重要なのは、自分の歌を聴き、評価する審査委員たちだ。そこで、自分の将来についての決定がくだされる。オンデクでも、家族のだれかによってでもない。

サラアム・シインは響く声をあげ、「正気じゃないだって？」と、しずかに告げた。

「いや……まったく正気だよ」

＊

オンデクがトップバッターだった。およそ一時間後、うなだれてもどってくる。その頸は、限界まで繰りだされ、前後に揺れていた。「落ちたよ」友が歌うように告げた。

「本当に落とされるなんて……それでも、ひとつだけたしかなのは、ぼくが千回もこの歌をこれまで歌ってきたってことさ」

サラアム・シインには、同級生をなぐさめることができなかった。そのとき、完全に抑揚のない、金属的なスピーカー音声に名前を呼ばれ、ハーモニーのドームに向かうよう、告げられたのだ。「次のチャンスがあるさ、オンデク」友にそう声をかけると、ドアを開け、ドームにつづく通廊に消えた。

その扉は、不可視の吸音フィールドからなり、通過するさい、サラアム・シインの器官房に軽いうずきを生じさせた。まったく突然、頭上に、マルダカアンのクリスタルガラスで鏡面加工された卵形ドームが出現する。どのようなちいさな音であれ、そこにぶつかり、完全に吸収され、反響も共鳴も生じないとわかった。そのほか、ドーム内には調度がひとつも見あたらない。これにより、物体が不協和音を生じさせ、旋律の音質の調和を乱すことはないだろう。この場所で、すでに多くの卒業生が歌を披露し、そのうちの数名が、ザアトゥルがこれまでに輩出した、もっとも重要なプシ力の持ち主に属すという。

ドーム中央には、卒業生や声楽教師とおぼしき六名が立っていた。サラアム・シインは、そのうちだれの名前も知らない。もっとも、知る必要もない。いつでも、声の響きによって、それぞれを聞きわけることができるから。

そのうえ、おとなオファァラーには、それぞれ典型的な身体的特徴がある。たとえば、卵形頭部が通常よりも大きな者もいれば、通常とはわずかに異なる色のセンサーの束が触腕についている者もいる……

いいかげんにしろ！　サラアム・シインは頭を切りかえた。おそらく、いまは審査委員の身体的特徴よりもほかに気にかけるべきことがあるはず。

「サラアム・シイン」やがて、審査委員が歌うように告げた。「あなたにとって、これがわれわれの聴覚器官の前で受ける最初の試験ですね。準備はいいですか？」

「できています」

「では、決断を！　どの歌にしますか？」

これは、サラアム・シインがわずかに恐れていた瞬間だった。審査委員には、不適切な選択を却下する権利がある。たしかに、そのような前例はまず聞いたことがないが、だれにわかるものか……

「わたしは……シオム・ソム銀河の〝紋章の門の歌〟にします」

いってしまった。

「それはまた、ずいぶんと変わった選択ですね。非常にまれです」

べつの審査委員が歌うようにいった。「ザアトゥルでは、このような事例ははじめてだ。マルダカアンにおいてさえ、これほど若い受験生がそのようなむずかしい曲を選んだのは、もう何百年も前のこと」

また、べつの審査委員がいう。「考える時間をあげよう。とり消してかまわないよ、サラアム・シイン……」

「いいえ」サラアム・シインが、いまや自信たっぷりに答えた。「わたしが歌うのは、いまいったとおりの曲です」

「ならば、よかろう！」いっせいに答えがあった。「〝紋章の門の歌〟だ」

サラアム・シインは歌いはじめた。これまで、多声合唱曲のあらゆる音符、あらゆる和声、主題のバリエーションをとりいれたあらゆるカデンツァを学んできた。だが、それで能事足《のうじた》れりとするわけにはいかない。発話膜の帯域幅全体を使い、高性能なシンセサイザーだけが生みだせるような豊かな声量を誘いだす。オファラーにとり、音楽は、細部にいたるまで楽譜を再現することが重要な遺物ではない……反対に、それらすべてから生き生きした、感情に訴えかける歌を披露することが歌手の役目である。音響とプシオニックにより、可能なかぎり効果的ユニットを形成するのだ。

まさにそれを、サラアム・シインはめざした。シオム・ソム銀河の〝紋章の門の歌〟は、銀河中枢にまだ〝巨大凪《なぎ》ゾーン〟が存在しなかった時代について語る。歌は、永遠の戦士イジャルコルを追憶させるもの。転送機ネットとしてのエスタルトゥの奇蹟は、この戦士のおかげだった。

サラアム・シインは歌いながら、歌詞の内容を信じた。ほかに選択肢はなかった。自分の年齢では、その内容に疑念をいだく歌手は下手《へた》くそな歌手だから。年齢を重ねてはじめて、オファラーはみずからの能力を制御するすべを学ぶのだ。ふだんは、サラアムが恒久的葛藤の哲学に陶酔することはほとんどなく、むしろ嫌悪を覚えることさえある……とはいえ、まだ学ぶべきことはたくさんあった。

半時間後、歌は終わりに近づいた。サラアム・シインは計画にもとづいて練習したとおり、それぞれの音声を発してのけた。審査委員たちの顔には、ただ敬服の念しか浮かんでいない。

もっとも、フォルティッシモで最後の和音を歌いあげたさい、悲しみを誘う激情が声に混じった。サラアム・シインは、この驚くべき展開にほとんど興奮しそうになる。間一髪のところで自制し、激情をおさえこんだ。ミスを恐れたのではない……いや、ちがう。それでも、若者は実際にひとつのミスをおかし、その影響をこのときはまだ予測できずにいた。

最後の和音を、ただ型にはまったようにしか、発声しなかったのだ。そして、黙ったままそこに立ち、審査委員の判定を待った。ようやくいま、からだのすみずみまで疲労していることに気づく。そして、それがあの制御不能な激情のせいだと感じた。

「きみには、まだ学ぶべきことがたくさんある、サラアム・シイン」審査委員のひとりである歌の師が感銘を受けたようすで、静寂に向かって歌うように告げた。「それでも、だれもこのような成果をきみが達成できるとは思わなかった。この声楽学校で次の段階に進むことを許可します」

それだけだった。サラアム・シインがぼうっとしたまま外に出ると、いかにも悲しそうな顔をした父親に迎えられた。

「気にするな」おとなオファラーが歌うようにいう。「来年……」

サラアム・シインは、誇らしげに笑った。「来年だって？　いいや！　ぼく、受かったよ！　あれを歌いあげた、はじめての生徒なんだ！」

2

歌手

サラアム・シインはその後、惑星マルダカアンから招聘《しょうへい》を受ける、最年少の植民地オファラーとなった。標準暦に換算すると、およそ三十八歳のときのこと。マルダカアン暦ではちょうど三歳半にあたる。

オファラーにとり、マルダカアンはあらゆる点において中心地だった。シオム・ソム銀河の東側に位置し、赤色巨星ダ＝アンを公転する、その荒涼とした砂漠惑星で、数千年来、〝生命ゲーム〟が開催されてきた。ここで勝ちのこる力のある者は、ほぼまちがいなく、戦士イジャルコルの兵士になれるだろう。とはいえ、自分はちがう。サラアム・シインは思った。自分の目標はべつにあるのだ……

考えこみながら、てのひらでほのかに輝くさいころを見つめた。マルダカアンまでの暗号化された通行許可証だ。ザアトゥルでは、たんにチケットと呼ばれている。それでも、サラアムは知っていた。これからは、変化する局面に適応する必要があると。

「マルダカアン行き定期船のお客さま、ご搭乗ください！　数分後に離陸します！」

サラアムはわずかな手荷物をつかむと、別れを告げるべく、ザアトゥルの小宇宙港まで見送りにきてくれた家族の合唱にくわわった。

「幸運を、サラアム・シイン！」

「みんなにも幸運を。そして、よき音に恵まれますように……」

つづいて、背を向けた……よくわかっている。これがおそらく永遠の別れとなるかもしれない。乗客はエネルプシ船の斜路まで機体で運ばれた。すでに骨組みがのこるだけのようなぽんこつ船が、埃《ほこり》っぽい着陸床で乗客を待つ。サラアムはほかのオファラー二、三十名とともに、空《あ》いたキャビンをあてがわれた。ソム人数名の姿もあったが、かれらは船首のどこかにある、展望窓のついた豪華な個室を得たようだ。

飛行は、二日間つづいた。機体は、ほかのさまざまな惑星系を順々にめぐった。どれも、ザアトゥルと同じくらいとるにたらない惑星で、すべてオファラーの影響領域にある。

こうしてようやく、たどりついた。マルダカアン！　生命ゲームの惑星だ……サラアム・シインは知っている。ここに優秀な戦士が集結するのだ……だがそれは、自分がここにきた理由ではない。荒涼とした砂漠惑星は、優秀なオファラーの歌手にも場所を提供する。この惑星は種族のるつぼ、かつ創造中枢なのだ。あらゆる歌は、マルダカアンにおける恒久的葛藤の教えに役だつ。サラアム・シインが育った惑星では、歌曲はしばしば手段ではなく、それ自体のために歌われるが、マルダカアンの歌手は、永遠の戦士のイデオロギーをひろめ、エスタルトゥの哲学を強化し、法典守護者の意にそってその哲学に輪郭をあたえるために、歌うのだ。

そのうえ、オファラーには、生命ゲームのあいだ、プシオン性シナリオを提供する役割がある。惑星づくり考案者は技術手段を用い、僻地を想像世界に変える……そしてオファルの合唱団は、偽装をゲーム参加者に気づかせないようにするのだ。これまで、あらゆる生物が、超心理性の歌に屈したもの。そのためには、オファラーは充分な頭数をそろえ、プシオン性ユニットを形成しさえすればいい。

マルダカアン……

サラアム・シインは、そうかんたんに決断したわけではない。よくわかっていた。この惑星においては、歌に関するあらゆる活動よりも恒久的葛藤が優先される。調和の美学は、ここでは成功の美学と化す。それでもサラアムは、ベルク・ナムタル声楽学校からの誘いを断りきれなかったのだ。オファラーなら、だれもこの魅力に抗《あらが》えないだろう。

「乗客のみなさま、降機の準備を願います！」

サラアム・シインは、考えこみながら、外側エアロックに向かった。隔離された二日間の旅のあと、いまはじめて外に出る。

最初に目にはいったのは、痛いほどまぶしい赤い光だった。つづいて、周囲の慌ただしい往来に気づいた。地平線まで見わたすかぎり、南極都市マルダッカの人工景色がつづく。ひょっとしたら、ちょうど生命ゲームの準備がととのったところだろうか？　サラアム・シインには、よくわからない。その詳細については、のちのち知ることになるだろう。

屋根のない機体が特徴的な林道の上を進み、エネルプシ船の乗客全員を着陸床のはずれまで運ぶ。着陸床は、複合体のような施設とともに宇宙港を形成していた。その宇宙港を直径百二十キロメートルの巨大な馬蹄《ばてい》形の建築群がとりかこむ。そこには、発電システム、コンピュータ中枢、ホテル、遊園地、余暇施設がそろっていた。はるか頭上、上空五キロメートルの高さで、反撥フィールド・バリアがこの施設全体をつつみこむ。

半時間後、チケットに待ちあわせ場所として記された場所に到達した。

「サラアム・シイン！」歌うような声が聞こえた。声には強いプシオン成分がふくまれていた。インパルスは、通常値をはるかに超えていて、持ち主の声の威力がわかる。

サラアム・シインは、急いで振り向いた。たちまち、自分と同じくらい長身のオファラーが目にはいる。身長百五十センチメートルほどか。ベルク・ナムタルの歌の師にちがいない……ザアトゥルまで名を馳せる有名な大物歌手のひとりであり、学校長でもあるその本人が、ここで出迎えてくれただけで光栄というもの。

うやうやしく、サラアム・シインは頭を下げた。自分が前途洋々な非常に若いオファラーであることはわかっている。それでも、この声楽学校において自分の才能がこのように高く評価されているとは思ってもみなかった。

ふたりはいっしょに、機体のひとつに乗りこんだ。どうやら、ここではこの手の機体を無料で好き勝手に利用できるらしい。マルダッカのほとんどのものが無料であることは、もちろん聞いていた。それでも、完全には信じられずにいたもの。いまや、遠方まで旅するオファラーの話すべてを事実がしのぐとわかる。マルダカアンにおけるなにもかもが豪華で、贅沢にそなわっているようだ。宇宙港周辺のさらに遠い場所では、状況がちがうかもしれないが、ここでは明らかに、観光客と生命ゲーム出場者に対するもてなしが重要な位置を占めている。

「サラアム・シイン……」相手が歌うようにいった。「はるばる遠くから、わが校へようこそ！　きみがきてくれてうれしいよ。ベルク・ナムタルは、若き才能につねに門戸を開いている」そう告げ、オファラーにとっては、笑みのようなものを浮かべた。「実際、われわれはまさにその若き才能から貴重なインパルスを受けとっている。オファラー帝国とマルダカアンのオファラーならだれでも、ベルク・ナムタルの招聘をありがたく受ける。そのかわりに、かれらは学校の評判を高めるのを助けるのだ」

「あなたとともに歌うことを許され、光栄に思います」サラアム・シインが応じた。それよりましな言葉が思い浮かばない。それにこうして相手のでかたをうかがうことで、ベルク・ナムタルの校長が自分にどのような役割をあたえようとしているのか、おのずと知ることができるだろう。

「ああ、光栄なのはわれわれのほうだとも。サラアム・シイン、なぜよりによってきみを招聘したのか、考えてみたことがあるか？……ないのか？　ならば、話してしんぜよう。きみの初試験のテーマが〝紋章の門の歌〟だと知れわたったとき、かなりのセンセーションがマルダカアンじゅうの歌手のあいだで巻き起こったもの。たしかにザアトゥルは遠いが、ここ何十年というもの、このような若いオファラーがそれを成し遂げたためしはない。まさにその歌はプシオン成分によってのみ効果を発揮し、ほかの成分ではかなりむずかしい……きみがどうやってそれを達成したのか、知りたいのだ」

声楽学校の校長に連れられ、ベルク・ナムタル校内に到着する。そこで校長は、若い歌手のひとりにサラアム・シインを託した。ところが、宿舎に案内される前に校長はこうつけくわえた。「ベルク・ナムタルとは、〝戦いの頌歌《しょうか》〟という意味だ、サラアム・シイン。きみがこれにふさわしいことをしめすのだ。この学校では、エスタルトゥの教えに全幅《ぜんぷく》の信頼をよせている。われわれは、永遠の戦士イジャルコルの名声とそのおこないに仕える。生命ゲームでわれわれとともに歌う準備をしなさい。話はまだある。きみは遠くはなれた惑星ザアトゥル出身だ。すべてがマルダカアンとはまったく異なるだろう。ここでは美しく歌ってはならない……効果的に歌うのだ。きみ自身ときみの成績は、ひとえに成果で判断されるぞ、サラアム・シイン！」

＊

サラアム・シインは、声楽学校の周辺地域のせまい部屋をひとつあてがわれた。部屋には、ベッドがふたつ、殺風景な床の上にならぶ。壁にかかるのは、名誉、戦い、服従の戒律が彫られた額だけだ。

ルームメートは、カレング・プロオという名の非常にちびのオファラーだった。身長はちょうど一メートル。触手を神経質そうに動かすのをやめられないようだ。もっとも、これらの短所を二倍の野心によって補っている。そして、サラアム・シインはすぐに確信した。プシオン力において、このカレング・プロオにはかなわない。

「きみとわたしは、サラアム・シイン、ふたりともベルク・ナムタルの最大の希望だ」相手はかつてこういったもの。「われわれをこのせまい部屋にいっしょに押しこめたのは、たがいに切磋《せっさ》琢磨《たくま》させようという魂胆だな。ますますいい成績をおさめるよう、われわれにもとめるつもりだろう……」

ところが、この校長のおもわくはうまく機能しなかった。ふたりはたがいに共感を持てなかったのだ。ちびオファラーは声楽学校の校長の心理トリックを見ぬいたものの、その重圧に耐えることができなかった。時がたつにつれて、この男はベルク・ナムタルにおけるサラアム・シインの最悪の敵と化した。ふたりは、まるで火と水のようだった。怒りっぽく、陰険で、恒久的葛藤に満ち満ちたカレング・プロオ。それとは正反対のサラアム・シイン。

時間の経過とともに、サラアム・シインはますますエスタルトゥの教えに反感をいだくようになった。それでも、いだいた反感をだれにも気づかせるわけにはいかない。それゆえ、頭に浮かんだものを自分の胸の内にしまっておく……その結果、たしかに優秀だが、心を閉ざした歌手という評判を得た。若いオファラーとして、正しい信念を持たずに歌うことはできない。もっとも最近は、事情がちがってきたが。エネルプシ船の飛行ルートを賞讃するのと同じように、恒久的葛藤を讃美してもかまわない……つまり、もう悩まなくてもいいということ。むしろ、実際に自分の歌がエスタルトゥの思想の普及に貢献したという事実のほうがサラアムを苦しめた。

その後、サラアム・シインとカレング・プロオは、おもに生命ゲームのあいだ、投入されるようになった。とりわけ、ふたりの開花した才能のおかげで、声楽学校ベルク・ナムタルは勢力をまし、かなりの名声を博するほかの十校を引きはなした。

サラアム・シインはさらに経験を積み、カレング・プロオにひけをとらないという自信まで得た。たしかに、相手ほどのプシオン力はないものの、繊細さにおいてすぐれ、それゆえ、的確という点では相手をうわまわる。

とりわけ、ある出来ごとがサラアム・シインを強くした。

それは、ベルク・ナムタルに入学してマルダカアン暦でほぼ一年後のこと。ある日、演習リーダーのひとりから、ドーム形の部屋に行くよう指示された。そこでは、ザアトゥルのハーモニーのドームと似たような、とりわけ良好な環境下でリハーサルが可能だ。いつものごとく、サラアム・シインはこれにしたがった。さらなる練習は不要だと思っていたが。

ひまつぶしに、シオム・ソム銀河の〝紋章の門の歌〟を歌ってみる。マルダカアン暦で一歳半のときに受けたはじめての試験以来、まさにこの曲をいつも本能的に避けてきた。だがいま、これまでずっとなにが自分の潜在意識にかくれていたのかわかった。適切に解釈すれば、最後のフォルティッシモの部分に、きわめてプシオン圧の高い奇妙な成分がふくまれているのだ……

突然、当時なぜ審査委員のメンバーがあれほど心を閉ざし、それでも敬意に満ちた反応をしめしたのか、わかった。自分は才能に、まったく特別な才能に恵まれたということ……歌の緻密さによって完全にあらたな半音階歌曲を編みだし、聴衆に伝えることができるのだ。

それでも、この発見を自分の胸のうちにしまっておき、しばらく、隔離されたドーム形の部屋ですごした。まもなく、これが正解だったとわかる。あらたな半音階歌曲は、サラアム・シインの計画どおりにはならなかったのだ。試みはことごとく、破壊的効果をもたらした。自分のほかに、だれもここにいなくてほっとする。

サラアム・シインはわかった。自分は、禁じられた歌のひとつを見つけたようだ。そこでは、プシオン圧と複雑な旋律が一形式において相互作用し、とほうもない暗示圧力が生じる。これを〝ナムバク・シワ〟、死の歌と名づけた。けっして、ほかのオファラー、あるいはそもそもほかの生物にこの歌を聴かせてはならない……そう誓った。このときはまだ、この誓いをどれほど早く破ることになるのか、想像もできなかったが。

＊

夜の帳《とばり》が下りるころ、サラアム・シインとカレング・プロオは自室にいた。そこに、衝撃的なニュースが飛びこんでくる。学校長が事故に遭い、亡《な》くなったというのだ。いまや、われわれには指導者がいない……耐えがたい状況だ。他校の師にすぐにつけこまれるだろう。

すばやい対処が重要だ。

サラアム・シインとカレング・プロオは、学校のほかの生徒たちとともに、ドーム形大講堂に集まった。すぐれた歌手ではないものの、自治会の高い地位にあるオファラー二名が、議長をつとめる。

「恐ろしい運命にわれわれは脅かされている」議長のひとりが歌うようにいった。「歌の師がわれわれのもとを去った……だが、嘆き悲しんでいる場合ではない。ほかの学校が反応する前に、われわれは継承者問題に片をつけなければ」

一瞬、沈黙が支配したあと、もうひとりがつづけた。「われわれには、ただふたつの選択肢があるのみだ。歌の師のかわりがつとまると思われるほど傑出した歌手はふたりだけ。ひとりはカレング・プロオ……」と、横目でちびオファラーを一瞥《いちべつ》する。「そして、もうひとりは、もちろんサラアム・シインだ。どのように決めるべきだろうか？」

だれからも提案はない。そこで、ひとりめの議長が告げた。「ベルク・ナムタルの合唱団をよりよく導く者が、われらのあらたな歌の師であるべきだろう。ふたりとも、歌ってみてもらえないか。いま、ここで、すぐにでも！」

サラアム・シインは、驚きのあまり茫然とした。もちろん、自分の資質はわかっていたものの、これほど突然、このような問題に直面するのは、けっして願ったりかなったりというわけではない。

とはいえ、さしあたり考えている時間はない。カレング・プロオはすでに前に歩みでて、〝ゲームの歌〟のテンポを指示している。スタンダードな歌だが、不可欠なもので、ある程度のむずかしさを秘めている。これらの歌は、ルーチンで習得するのが重要で、歌の師はこれを調整し、インスピレーションをあたえなければならない。

オファラーはだれでも、とりわけ卓越した歌手は、どうすれば恒久的葛藤を最大限に賞讃できるか、独自の考えを持っている。カレング・プロオも例外ではない。ただ、サラアム・シインは、自分のライバルが決然と事にあたり、はばかることなく成果をもとめるそのやりかたを、まさに嫌悪していた。

もちろんサラアムも、一員として合唱曲とプシオン力に寄与するよう、つねに強いられてきた。それについて、昔はなにも思わなかったが、いまは、自分がどれほど心の奥底で恒久的葛藤を拒絶しているのか、よくわかる。ときおり、心に隙が生じるとき、ほかのオファラーにそれを悟られるのが恐かった。同胞種族のほとんどが無条件に、法典に忠実な者として通っている。胸のうちを知られたら、自分はさんざん侮辱され、追いはらわれるだろう。

〝ゲームの歌〟が、はげしいプシオン・インパルスとともに終わりを告げた。それはサラアム・シインとほかの歌手たちになにかを要求し、器官房に鋭いささやきの余韻をのこす。

数秒間、沈黙がつづいた。

「サラアム・シイン！」歌うような声が告げた。「きみの番だ、サラアム・シイン！」

本人に声はとどかない。

「サラアム・シイン！　サラアム・シイン！」

一瞬でわかった。ここではもうなにも得るものはない……ベルク・ナムタルにとどまることは、たとえ歌の師としてであっても、結局はまったく意味のないことにちがいない。この決定は、とっさの判断だが最終的なもの。

「いや」それゆえ、サラアムはこう応じた。「わたしは、合唱団をひきいるつもりはありません。ベルク・ナムタルをはなれ、オファラーの星間帝国の惑星を旅してまわろうと思います。わたしは流浪《るろう》の歌手になりたい。吟遊詩人に。若い才能を発掘し、有意義な生活を送りたいのです」

ドーム形大講堂を去る前に最後に見えたのは、身長一メートルのカレング・プロオの姿だった。誇らしげにそこに立ち、サラアム・シインを見つめている。その視線からは、いまだに憎しみが消えない。

ふたりはいつか再会するだろう。サラアム・シインはそう感じた。すでに、その瞬間に対する恐れを感じずにはいられなかった。

3

流浪の歌手

　サラアム・シインは、マルダカアン暦で二年間にわたり、オファラーの影響領域内の惑星を旅してまわった。まもなく、シオム・ソム銀河のほかの惑星もこれにくわわる。そこでも現住種族のために歌い、たびたび大成功をおさめた。もっとも、時には警察組織〝真実合唱団〟をひきいることを強いられた。これはあまり楽しいものではなかったが。こうして、あらゆる成功にもかかわらず、結局はオファラーの経済圏からほとんど出ることはなくなる。サラアムは、状況に適応することをすばやく学んだ。すくなくとも、自力で生計を立てた。これは、その都度、住民が謝礼をはらいたくなるようなものを提供できてこそ可能だった。

　マルダカアンとほかの主要惑星において、恒久的葛藤の教えは、唯一歌うことが可能なテーマである。ほかの場所、とりわけ発展途上の惑星領域では、はるかに自由だった。サラアム・シインは何度も、歌の美的要素を前面に押しだす機会を得た。植民地オファラーは通常、公的宣伝よりも芸術性をはるかに正当に評価する。それでも、監督機関と衝突しないよう、気を配った。

サラアム・シインは、きびしい鍛錬によって、自分の歌のプシオン成分の量を増やす方法を学んだ。吟遊詩人として生きぬくことは、情け容赦ない試練だ。ほかの歌手の援助がなければ、聴衆を魅了できない者は、食事や清潔な衣類を得るための金銭を晩までに手にすることができない。

それでも、状況は日ましによくなっていく。惑星から惑星をわたり歩き、いつしか確信していた。自分の歌の完璧さは、いまやかなりの説得力をあわせもつもの。謝礼の額はあがった……まもなく、固定契約を結ぶことができるようになる。

さまざまな苦労もあるが、同時に仕事は大いなるよろこびをもたらした。若いオファラーのあらたな才能を見いだし、新米歌手たちに声楽学校における職を斡旋《あっせん》する。マルダカアンでは、いまだに自分の言葉は多くの歌の師たちに対して充分に有効だったから。

ある日、偶然に故郷惑星ザアトゥルにもどることになった。まず、骨組みだけのようなエネルプシ船を途中のどこかでいったん下りる。オファラーの星間帝国においては、そういう規則なのだ。翌日、目的地に到達。クレジットさいころは、二、三週間は快適な生活を送れるほど、充分な残高があることをしめしている。つまり、いつものように地元の学校を訪ね、運がよければ、若き才能を発掘できるかもしれない。夜には、公演を予定してもいい。自分の名声が満員御礼を保証するだろう。

それでもひとまず、実家を訪ねてみたい。家族は、さぞわたしのことを誇らしく思っているはず。サラアム・シインはそう思った。自分はもうすでに、たいていのオファラーが一生涯かけてもなしえないほどのことを達成したのではないか？

ザアトゥルの砂漠のはずれの小集落をなんなく思いだした。そこまでの道のり、せまい通りと時代遅れの案内標識を……サラアム・シインは、借りた乗用グライダーで、とうとう目的地に到達する。青少年期のほとんどをすごした家がひっそりとそこに佇《たたず》んでいた。はじめは、父親とほかの家族は家のなかにいるものとばかり思ったもの。ところが、いやな予感がする。

サラアム・シインは高鳴る胸の鼓動とともに、だれもいない通廊を駆けぬけ、ようやく、家のもっとも大きな居間で立ちどまった。受け入れるしかない。父親もほかの家族も、ここにはもう住んでいないのだ。

がっかりして、家を出た。だれに、転居先をたずねればいいのか？　このような場合に照会可能な地方自治体もコンピュータも、ザアトゥルにはない。結局、サラアム・シインはハーモニーのドームに向かった。そこで、訊いてみよう。地元の歌の師は通常、住民に関する情報を知っているはずだから。

二度めの試みで、ドームが見つかった。郷愁に駆られる……なんといっても、自分に最初の大きな成功をもたらしたこの地に足を踏みいれるのは、マルダカアン暦で三年ぶりなのだ。不審に思って、壁を見つめた。壁という壁に、戦いで破壊された痕跡が見られる。ごく最近のものだ。

「だれもここにいないのか？」大きな声で歌うように訊いた。

通廊と空間の反響だけが答えだった。ところが数秒後、声がする。「いま、そちらに向かっている。しばし、待たれよ！」

サラアム・シインは、二分ほど待たされた。すると、妙に醜いオファラーが、ドアの開口部のひとつに姿をあらわした。ちょうど、カレング・プロオくらい背が低い。おまけに、からだの右側は、たいていのオファラーに見られる、燃えるような赤い皮膚ではなく、青っぽい。そのうえ、腕は四対のみ。

「オンデク！」サラアム・シインが叫んだ。「きみは、オンデクだな……」

オンデクは訪問者を見つめた。すると、相手がだれだかわかったような表情が浮かび、同様に叫ぶ。「サラアム・シイン！　きみがいつか、ザアトゥルにもどってくるとはだれも思わなかったよ！　ずいぶん出世したものだな」

「わが道はあまりに多くの星々につづき、とどのつまり、ここにもな……だが、わたしが知りたいのは……どこに行けば、父と家族に会えるのか？　ここにはもう、だれもいないようだが」

オンデクは、低い嘆きの声をあげ、「まったくひどい話さ、サラアム・シイン」と、歌うようにいった。「全員、亡くなったのだ、ほかの多くの住民同様に」

サラアム・シインは、全身の力がぬけるような感覚に襲われた。「話してくれ！　なにがあったというのだ？」

「しばらく前に、ザアトゥルの法典守護者がわれわれのもとを訪れた。まったくの偶然らしいが。われわれになにができたというのか？　結局、法典守護者に敬意を表し、歌を捧げるということになった……われわれ、〝イジャルコルのおこないの歌〟を試みるほかなかったのだ……」

サラアム・シインは突然、なにが起きたのかがわかった。そのような歌はきっと、ちっぽけな地方学校の手に負えなかったにちがいない。

「すべては、おそらく起こるべくして起きた。われわれの合唱団には、地域のそれ相応のオファラー全員がくわわった。だが、きみも知ってのとおり、サラアム・シイン、〝イジャルコルのおこないの歌〟ははげしい歌だ。プシオン力を制御できなかったのだ。狂乱が合唱団だけでなく聴衆をも襲った。そのさい大勢が死んだ……きみの家族もだ」

サラアム・シインは、長いあいだ、なにもいわなかった。やがて訊いた。「なぜ、家族全員がそのような目に遭ったのか？」

「きみの父上は、法典守護者のすぐうしろの最前列に立つという名誉を受けた。きみの家族はその隣りにいたのだ」

サラアム・シインは、鼻を鳴らした。ほとんど腹を立てているように聞こえる。「で、法典守護者は？　思うに、かれにはなにも起きなかったのではないか……」

「そのとおりだ。バリア・フィールド・プロジェクターがあったから。われわれは、恒久的葛藤の世界にすんでいるのだ、サラアム・シイン。ひょっとしたら、きみは父上とほかの家族が命を落とした理由を誇りに思うべきかもしれない。なんといっても、それは戦いと……」

サラアム・シインは、ふたたび腹立たしげな声をあげた。

驚いたことに、オンデクはけっしてショックを受けているようには見えない。まったく逆に、ちびオファァラーは同情をしめした。「わたしの身内もふたり、同様にあの事故に遭遇した……わたしは、いまひとりきりだ。そして、きみはこれからどうするつもりだ、サラアム・シイン？」

サラアム・シインは、しばらく考えこんだ。「よくわからない……ここにこれ以上とどまることになんの意味があるのか？　そうだ、次の船でザアトゥルから出ていこうと思う」

オンデクがなかなか話を切りだせずにいるのがわかる。まるで最後の不快な事件を気にしているかのようだ。「わたしは、このちいさな学校の歌の師だ、サラアム・シイン、ひょっとしたら、きみは、家族の事故についてわたしにも責任があると思っているのではないか」

「そうは思わない。きみに選択肢がなかったのはよくわかる。そのての事故は、どこで起きてもおかしくない」

「感謝する」オンデクが歌うようにいった。発話膜の響きから、相手の真剣さが伝わってくる。「わたしがここにとどまる理由は、もうほとんどないんだ。ちょうどきみと同じようにね。そして、わたしは、きみがこれからどうするかを聞いた。きみの評判はつねにきみの先をゆくだろう……要するに、きみについていきたいのだ、サラアム・シイン。ここでは、わたしは歌の師だが、それでも、きみからたくさんのことを学べるだろう」

サラアム・シインは、長く考えなかった。なぜか、この不格好なちびオファラーとなら、うまくやっていけるような気がする。「もちろんだとも、オンデク」サラアムは快諾した。「孤独はもうたくさんだ」

＊

ふたりは、いつものごとく、奇抜な衣装を選び、流浪の歌手に期待されるとおりに登場した。この辺鄙《へんぴ》な未開惑星においては、もっとも、これはあまり評判がよくないようだ。

サラアム・シインとオンデクは、最初から歓迎されざるムードにさらされているのがわかった。惑星の住民は、原子力以前の原始生活にあともどりしたオファラーだった。これまで、何度も宇宙船がこの惑星に着陸し、ほかの文明とある程度のコンタクトがもたれてきたという事実も、なんの影響もあたえなかったようだ。

ふたりは、宇宙港の宿屋のうちのひとつを選んだ。それは、長屋のような建物で、金を支払う客はせいぜい二十名くらいか。それでも、惑星の平均水準からすれば、宿屋の女主人は比較的恵まれた生活を送っていた。

「ここでは、たいした商売ができそうもないな」オンデクが残念そうにいった。サラアム・シインは、ここ何週間というもの、歌に関して友に助けられ、ますます友を大事に思うようになっていた。「民衆の魂が煮えたぎっている、そう感じるのだ……」

「きみのいうとおりだ」サラアム・シインがためらいがちに応じた。「だが、忘れないでくれ。収益のほかに、わたしには第二の目的があることを。若い才能を見いだしたいのだ。どれほど多くのすぐれた歌手がまさにこのような場所に埋もれているか、わからないだろう」

オンデクは、同意のうなり声をあげた。「地元組織との交渉はまかせてくれ。きみは女主人と滞在条件について話をつけてもらいたい」

オンデクが舞台を手配し、固定の謝礼について交渉を試みるあいだ、サラアム・シインは、宿屋を経営する女オファラーと話した。

「ひどい時代だわ」相手は下手なソタルク語で応じた。ひょっとしたら、未知の訪問者とは永遠の戦士の言語で話すほうが得だと思っているのかもしれない。「ここ宇宙港では、それほど感じないかもしれないけれど、ほかの場所、村落では……」

「どういう意味かな？」サラアム・シインはおだやかなプシオン圧を声にこめて、訊いた。この惑星住民の底流にある攻撃的な雰囲気がどこからくるのか、可能なかぎり正確に知りたい。

「いたるところ、そうなのよ。ぜがひでもイジャルコルのために戦い、命を捧げなくてはならないと考える者もいる。一方で、畑を耕し、道路を整備しようとする者もいれば、そのほかもろもろいるわ。あなたが訊くなら……」

「きみのいうとおり、いたるところそうだ。だが、なぜ、よりにもよって、ここがそれほどひどいのか？」

女オファラーは、肩をすくめるようなまねをした。「だれにもわからないわ。でも、ひとつだけだれでも知っていることがある……ここではまた、血なまぐさい戦いが起きるでしょうよ。そうなる前に、べつの惑星にうつったほうがいいわ」

サラアム・シインは考えこみながら、オンデクと合流した。

友は、もよりの村の広場に仮設舞台を手配したという。そこで、ふたりは歌うのだ。すくなくとも宿泊費を充分にまかなえるぐらいの金額を手にできればいいのだが。

サラアム・シインは、地方の声楽学校を訪問し、その日をすごした。実際、歌の才能に恵まれた非常に若いオファラーをひとり見つけた。とはいえ、その若者をマルダカアンに推薦するかどうかは、まだ決めかねている。

夕方、あたりが暗くなったころ、オンデクとふたたび合流した。内燃機関の車輛を借り、舞台に向かう。すくなくとも、すでに仮設舞台の設置はすんでいた。サラアム・シインとオンデクは、開演時間までしずかにすごし、適度な音量で多少なりともリハーサルができた。

聴衆が集まりだした。どうやら、流浪の歌手ふたりがやってきたという噂がひろまったようだ。サラアム・シインは、可能なかぎりあたりさわりのない歌をプログラムに選ぶことでオンデクと合意した。平和主義者とも恒久的葛藤の哲学の支持者とも衝突するつもりはない。万一そのような事態になった場合の解決策はただひとつだけ。プシオン性沈静成分を歌にしのばせるのだ。

サラアム・シインとオンデクは、もっとも派手な格好で舞台に登場した。ほとんど気づかないうちに、聴衆二百名が押しよせていた。プシオン性才能に恵まれていない者でさえ感じられるような、攻撃的雰囲気が聴衆を支配している。

「オファラー諸君！」サラアム・シインが鍛えぬかれた声で歌うように告げた。「ようこそ、われわれの歌を聴くためにここにつどってくれたみなさん……みなさんにさしあげることができるものは、たくさんあります。ハーモニーの力から逃れようとしないでください。われわれのメッセージに没頭するのです。その甲斐《かい》があるものだから。さて、話はこれくらいにしておきましょう！」

オンデクとともに、用意しておいたプログラムをはじめた。それは、むしろ芸術的な歌だった。たしかに、内容は服従、戦い、名誉の教えに関するものだが、重きはほかの点におかれている。

いつのまにか、狙いを定めた不協和音が歌に混じった。観客席にいるオファラーのだれかが故意に妨害しているのを正確に感じる。その声はちいさく、発信源を特定できないものの、声に混じるプシオン圧は破滅的だ。

サラアム・シインとオンデクは、同時に口を閉じた。

「そこで歌をじゃましている者よ、やめてもらいたい。われわれ、悪い冗談など願いさげだ！」

しばらく、沈黙が支配した。

すると、聴衆から返答がある。「おい、歌手よ！　なぜ、きみたちはイジャルコルの名誉について歌わないのか？　エスタルトゥの奇蹟を讃《たた》えない、きみたちの歌がなんの役にたつというのか？」

突然、ほとんど抑制されない攻撃性がふたたびあらわれた。サラアム・シインとオンデクは、まるでしめしあわせたかのように、鎮静効果のあるハミングをしはじめる。ところが、特定できない妨害者がこれに抵抗した。ふたりの一流の歌も効果がない。まるでオーケストラ全体のなかで、たったひとつの楽器が不協和音を奏でたかのようだ……そしてふたりは、これに対しなすすべもない。

べつの野次が飛んだ。「すべてが、ただ戦いと殺しあいに関するものだと、だれがいうのか？　なぜ、きみたちはわれわれに、このちいさなよろこびさえあたえようとしないのか？　この果てしなくつづく宣伝活動は、なんのためだ？　きみたちの名誉と服従の枷《かせ》は、せいぜい仲間うちにとどめることだな。そして、ほかの者に同じような誤った信念に没頭する強いるな！」

サラアム・シインは、思わず息をのんだ。この隔離された場所に、ソム人も法典守護者もいないとわかり、ほっとする。

「見てみろ」オンデクがちいさく口笛を吹いた。「小グループにわかれはじめたぞ……」

サラアム・シインにもわかった。友のいうとおりだ。ひたすら、プシオン力を振りしぼり、聴衆をおちつかせようとハミングする。ところが、つねに未知の妨害者があいだに立ちはだかった。

　聴衆のなかの見慣れない姿の異人に気づき、驚いた。オファラーではない。まるで、たくさんの樽のなかの一本の棒のように目に跳びこんでくる。サラアム・シインは、この辺鄙な場所で異銀河からの訪問者に遭遇するとは思ってもみなかった。いや……だれでも利用可能なエネルプシ船は、どこでも通行可能ではなかったか？　ただ、この異人がここにいる理由だけは不明なままだ。

　異人は身長二メートルほど。腕は二本だけ。オファラーのような十二本ではない。胴体の下側から、脚二本が伸びる。あの長さなら、すばやい移動が可能にちがいない。その先祖伝来の生態系領域では、きっとつねに逃げる準備が必要なのだろう。謎めいた奇妙なオーラを漂わせているが、妨害の歌の発信者ではない。

　聴衆は、すでにふたつの明らかに異なるグループを形成していた。一方は、つねに永遠の戦士イジャルコルの名を口にし、他方は、平和と幸福について歌う。

「なんとか手を打たなくては」オンデクが声を震わせながらきっぱりといった。「両グループをそう長いあいだ、たがいに遠ざけてはおけない……」

　サラアム・シインはひどく考えこみながら、

「まもなく、そうなるだろうな」と、いった。

　サラアム・シインは、友の内心の動揺に驚いて気づく。

この瞬間、最初の石が飛んできた。なにか手を打つには、すでに遅すぎたのだ。サラアム・シインは歌をやめ、舞台下でなにが起きたのかを確認しているうちに、石にあたったオンデクが床に倒れた。

「やめるのだ！」サラアム・シインが渾身《こんしん》の力をこめて、聴衆に向かって叫ぶが、なんの役にも立たない。「やめるのだ！　やめてくれ！」ありったけのプシオン力を命令和音に注《そそ》ぎこむ……だが、むだだった。

まず、オンデクの面倒を見なくては。友は頭から血を流している。もっとも、重傷ではなさそうだ。サラアム・シインは友を立たせると、その場から立ち去ろうとした。

「ここから出なければ！」友をせきたてる。「さ、行こう、急いで！」

オンデクは抵抗した。「やめてくれ、サラアム・シイン！　かれらがたがいに殺しあうのが見えないのか？　われわれ、なにか手を打たなくては……」

「だが、どうやって？　なにができるというのだ？」

「方法がひとつある、サラアム・シイン。きみが、恒久的葛藤と暴力を本当に拒否するのであれば。サラアム・シイン、わたしといっしょに行こう」

サラアム・シインは、植民地オファラーの乱闘騒ぎを不安げに見つめた。いまだに、たがいに石を投げあっているが、接近戦に変わりつつある。法典忠誠隊と法典反対者は、ほとんど見わけがつかない。両派とも妥協せず、その頑固さときたら。戦士イジャルコルがこの茶番を目にしたら、さぞかしよろこんだことだろう。

「さ、行こう、サラアム・シイン！」

オンデクは、友の触腕のうち二本をとると、もつれた団子を形成している喧嘩の輪のなかにまっすぐひっぱっていく。サラアム・シインは、不安に襲われていたにもかかわらず、友が自分とともにプシオン性ユニットを形成しているのを感じた。もっとも、その結束はたいして効果的とはいえない……そのためには、すくなくともオファラー十名が必要だろう……それでも最善をつくす。

ふたりは、まっすぐに混乱のまっただなかに向かった。

「うまくいかないさ、オンデク、うまくいくわけがない……」サラアム・シインは環状発話膜の一部を使ってささやいた。同時に、べつの一部を力いっぱい使い、プシオン放射をこめる。

「ためしてみないと！」と、返答があった。友もまたささやくだけだが、迫りくるものがある。

「だれも死なせるものか」

ところが、ふたたび妨害の歌が聞こえてくる。サラアム・シインにはつかのま、奇妙な姿の異人が見えた。まるで、こちらの味方について乱闘に介入しようとしているかのようだ。そいつはいい……あらゆる助けが必要だ。オンデクは攻撃者にとりかこまれ、屈したように見えた。サラアム自身も逆上しそうになったとき、友が歌の音量をあげていき、ついに金切り声となる。歌はさらに戦う者たちを煽《あお》った。

「妨害の歌だ！」友が突然、叫んだ。「妨害者を見つけたぞ！」

オンデクは、突然おちつきを見せ、やや目だつオファラーをさししめした。ほかの聴衆とは対照的に、一種の防護コンビネーションを着用している。その男もまた、ほかの惑星出身だろう。サラアム・シインにはそうわかった。もっとも、なぜいま、この未知者が地元種族の対立に介入したのかはわからない。

オンデクとともに、サラアムは鎮静効果のあるプシオン性の声をさらに歌にこめた……いまだ効果はない。いま、サラアムにも、防護服に身をつつんだオファラーが歌で反撃するのが見えた。すぐれた歌手にちがいない。さもなければ、長いあいだ耐えられるわけがないから。

「煽動者《せんどう》だ！」オンデクが突然、叫んだ。「外部の煽動者だ！　この対立を煽ったにちがいない……」

怒りの叫び声をあげ、友は突進していく。サラアム・シインには、もう友を押しとどめることができない。すでに数秒後には、オンデクにかなり引きはなされた。姿は見えるものの、この混乱のなか追いつくことは不可能だ。自分の歌には、もうほとんど効果がない。緊急に休息が必要だ。まるで二時間も連続して歌ったかのようだった。

「サラアム・シイン！　サラアム・シイン……」オンデクにふたたび石が命中した。その声が一秒一秒著しく力を失っていく。

　サラアム・シインにはわかった。すぐに助けに駆けつけなければ。ところが、植民地オファラーが行く手を阻《はば》む。いまや、自分はもうマルダカアンの有名な歌手ではなく、乱闘のなかのひとりにすぎなかった。

「オンデク！　友よ！　どこだ？」

　サラアム・シインは友の姿を見失わないよう、鎮静効果のある歌を中断した。もうためらうことなく、次から次へとパンチを繰りだしていく。勝ちめはなさそうだ。乱闘のなか、何度も不意の展開にわきに押しのけられた。それでもほっとする。敵はまだ、自分自身のことに夢中なようだ。

「サラアム・シイン！」ふたたび、声が聞こえた。不格好なちびオファラーの声は、さらに弱まっている。その声は、あらゆる歌唱指導を受けてきたにもかかわらず、騒音をつき破ることがもうほとんどできないようだ。

　サラアム・シインは、必死に前進しようとした。奇蹟のごとく突然、せまい隙間が出現。そこなら、妨げられずに通れそうだ。オンデクは地面に横たわったまま動かない。器官房におおわれた卵形の頭部にできた、たくさんのちいさな傷から出血していた。口というより、唇のないただのスリットは、醜い塊りと化している。

サラアム・シインは、ひどく心配し、友に駆けよった。左右のオファラーはほとんど、こちらに注意を向けない。

数秒後、過ちに気づいた。これは罠だ！　力強いキックがわき腹に命中し、サラアム・シインは呻き声をあげて、くずおれた。防護服のオファラーが、勝ち誇ったように近づいてくる。ようやく理解した。相手はわざとこの細い隙間を用意したのだ。もっとも、敵が最初から自分をターゲットに選んでいたのか、それとも、乱闘最中の自然発生的な展開なのかはわからない。

「さて、歌手よ……」相手が口を開く。「きみは、わたしの支配下にある。きみをどうすべきか？」

サラアム・シインは答えない。意味がないとわかっていたから。オファラーは両足で、サラアム・シインの腕一対を踏みつけた。突然、腕が感覚を失う。

「黙ったままなのだな、歌手よ」相手がいった。「つまり、きみの運命をわたしにゆだねるということか？」

サラアム・シインは、いまだになにもいわない。それでも、わずかに相手の足に踏まれた腕に痛みを感じ、それがどんどん増していく。

「実際、わたしはきみを逃してやってもよかった……ところが、きみは恒久的葛藤の教えにそむいたのだ。まさにこの教えが恩赦をあたえることはない」

そう告げ、防護服のオファラーは片足を持ちあげると、サラアム・シインのテレスコープ状の頸に乗せた。一瞬で圧迫され、方向感覚を失う。圧迫により器官房の鬱血《うつけつ》が起こり、酸素供給がとまった。

喘《あえ》ごうとするが、それもできない。いまだに腕の感覚がなかった。抗うことさえできない。脳が回復不能なほど損傷を受ければ、たちまち死ぬだろう。それに、手遅れにならないうちに相手が圧迫をゆるめるとも思えない。

逃げ道はないのか？　しばしば脱出に使ってきたような裏口はないのか？　これまでさし迫った命の危険におちいったとけっして意識したことのないあらゆる生物と同じように、ひそかに自分は不死身だと思ってきた。

そのとき突然、圧迫がゆるんだのに気づく。視界がはっきりし、新鮮な酸素が脳全体にいきわたるまで、数秒かかった。

「歌手よ！」がらがら声がソタルク語で叫んだ。「歌手よ、しっかりしろ！　わたしには助けが必要だ。それに……」

サラアム・シインは、ぼうっとしながらもやっとのことで起きあがった。オファラーではなく、異人の声だ。目の前の状況を処理できないうちに、わかった。この思いがけない協力者は、棒状の姿をした二本腕の異人のほかにはありえない。そうだ、いまようやく見えた。防護服のオファラーとわが協力者が、はなれたところに立っている。

「歌手よ！」声がさらにせきたてるようにいった。「わたしには、もうこれ以上かれらを抑えておけそうもないのだ、歌手よ！」

サラアム・シインは、やっとのことで立ちあがった。まだふらふらするものの、視界ははっきりしている。数メートルはなれた地面の上に、オンデクが身じろぎもせず、横たわっていた。どう見ても、まだ生きているとは思えない。そのあいだにも、二本腕は、あらゆる方向から迫りくるオファラー七、八名を相手に、退却を援護するために戦っている。サラアム・シインは、たえずキックとパンチに見舞われた。とはいえ、わかっている。異人にはこれを防ぐことができない。多少でも、まだ防御できていることのほうが不思議だ。

イジャルコルは、さぞよろこぶだろう。

「おい、歌手！」異人の声に喘ぐような音が混じっている。

サラアム・シインは最後の力を振りしぼり、鎮静効果のある歌を歌いはじめた。なんの役にもたたないとわかってはいたが。またもや、意識を失いそうだ。数秒後、異人も足をすくわれた……サラアム・シインの上に倒れこみ、いまやただ弱々しく動くことしかできない。

「異人よ……」サラアム・シインはやっとのことでいった。それ以上は言葉にならない。それでも、声に感謝の意をこめた。

すると、突然、それがそこにあらわれた。探していた裏口だ。だが、潜在意識はみずからの死に直面しても、その裏口を使おうとはしない。頭が痛い……頸のつけ根の環状発話膜だけが巻きぞえをまぬがれた。軟骨リングがあらゆるパンチからこれを守り、いまもなお耐えている。

最初のハーモニーがほとばしり出た……いまだかつて、サラアム・シインが歌うのをオファァラーのだれも聴いたことがないような響きだ。それは危険な半音階歌曲だった。ベルク・ナムタルでは、だれにも聴かせないよう秘密にしてきたもの。それをいま、環状発話膜によって、最初はしずかに、徐々に大きく調整していく。みずから〝ナムバク・シワ〟と名づけた禁じられた歌、死の歌を。

サラアム・シインは突然、あらたな力を得て、顔をあげた。テレスコープ状の頸を、最大限の八十センチメートルまで繰りだし、周囲の状況を見わたす。ほとんどすべてのオファァラーが興奮をあらわに逃げだしていた……ほんのわずかな攻撃者たち……そのなかには防護服姿のオファァラーもいる……が、痙攣《けいれん》しながら地面にひっくりかえっている。

サラアム・シインは、歌にこめた、破滅をもたらすプシオン・インパルスを制御した。敵の脳に振動が押しよせ、ぶつかったものを破壊するのを感じる。まるで、陶酔のようだ。想像上の時間と日々が、サラアム・シインを放縦な気分から解放することなく、すぎ去っていく。

するると、弱々しい声が集中力を引き裂いた。「歌手よ、おい、歌手よ！　やめるのだ。かれらはとうに死んでいる！」

「死んだ？」サラアムはほとんど理解できずに、くりかえした。「本当に死んだのか？」自分は武力に武力で応じたものの、それを誇りには思わない。

「あれが、そうだ」二本腕が力なく告げた。「ここからはなれよう。まもなく、大騒ぎになるから」

サラアム・シインはごく短く確認したあと、防護服のオファラー同様に、オンデクの生存はほぼ絶望的だと確信し、みずから異人についていった。どこに向かおうとも、かまわない。

4

ネットウォーカー

ふたりは、人気《ひとけ》のない荒野のはずれで立ちどまった。そこで異人は、携行投光器を散乱放射に切りかえると、地面にしゃがみこむ。

サラアム・シインも同様に腰をおろした。全身が痛む。器官房は、ときに曖昧《あいまい》な、ときに異様に鋭い感覚をもたらした。ふたたびもとの調子をとりもどすには、なにもかも時間がかかりそうだ。それについては、なんの懸念もない。

「わたしは、アラスカ・シェーデレーア」異人が、がらがら声でいった。ソタルク語だ。

「われわれ、話しあいが必要だな。もう口がきけるようになったか？」

「ああ……わが名は、サラアム・シイン、流浪の歌手だ。そして、アラスカ・シェーデレーア……あなたは死ぬところだった、ほかの者同様に……」

「わたしのような輩《やから》は、そうかんたんには死なない」

「わたしは〝ナムバク・シワ〟、死の歌を歌ったのだ。どうして、あなたは生きのびることができたのか？」相手が考えこむ。おそらく、オファラーを信頼できるかどうか、自問しているのだろう。

「ひょっとしたら、きみには理解できないかもしれないが、サラアム・シイン。きみの歌には、強いプシオン・インパルスがふくまれているが、わたしのようなメンタル安定人間は特定の抵抗力がある。もっとも、歌がさらに強ければ、わたしにもチャンスはなかっただろう」

「実際、わたしには理解できないが」サラアム・シインが細い声で歌うようにいった。音響とプシオニックがふたたび、調和しつつ合流するのを感じる。

〝偉大なる合唱団〟に感謝しよう。サラアム・シインは思った。影響力の高い声を持たないオファラーなど、考えられない。「むしろ、あなたがわたしを助けたことのほうが謎だ。なぜだ、アラスカ・シェーデレーア？」

「それには正当な理由があって……」すぐに相手にかわされた。「その話はあとでもかまわないか。ひとまず、きみの話が聞きたい。戦争崇拝に対するきみの考えは？　イジャルコルを、エスタルトゥをどう思う？　名誉の戒律、戦いの戒律、服従の戒律は、きみにとってどのような意味があるのか？」

サラアム・シインは、相手をじっと見つめた。異人の表情を読むことはできないが、アラスカ・シェーデレーアの身長二メートルの痩身《そうしん》が緊張したようすで地面にしゃがみこんでいるのがわかる。興味津々《きょうみしんしん》で答えを待っているのだ。サラアム・シインはそう思った。無理もない。

シオム・ソム銀河のどの惑星においても、恒久的葛藤の教えの裏を探るのは危険だ。とはいえ、異人はわたしを助けてくれたではないか？　かれこそ、サラアム・シインの命の恩人ではないか？

いずれにせよ、自分の考えを率直に告げることにした。実際、友を見つけたのか。あるいは、命をかけて戦わなければならない相手かもしれない。

「よかろう、アラスカ・シェーデレーア。わたしの話をよく聞いてくれ……」

そして、サラアム・シインは、はじめてその力の教えに対して疑惑をいだいたときのことを話した。ベルク・ナムタル声楽学校時代のこと。そして、そこでみずから死の歌と名づけた〝ナムバク・シワ〟を発見したこと。その後、故郷惑星ザアトゥルにもどり、父親の死を知ったこと。それから、生涯においてはじめて友となったオンデクとすごした時間について……

最後にこうつけくわえる。「あとは、きみの知ってのとおりだ、アラスカ・シェーデレーア。きみはわたしの命を救ってくれた。われわれはここでともに腰をおろし、わたしは命に関わるかもしれないことをきみに話している」

「心配無用だ、歌手よ。わたしはきみの命を狙っていない。まったく逆だ」

「きみについて、まったくなにも知らないのだ。きみの目的はなんだ？　おまけに、わたしはシオム・ソム銀河じゅうを旅したが、きみのようなタイプの生物に遭遇したことがない」

異人は、そっけなく笑った。「なにも不思議なことではないさ。わたしはテラナーだ、さらに……」

「さらになんだ？」サラアム・シインが声にプシオン圧をこめ、追及した。この〝さらに〟のつづきに、ふたりの会話の本当の理由があると感じる。「わたしはきみを信用した。こんどはきみがわたしを信じてくれ！」

アラスカ・シェーデレーアは、しぶしぶながらも決心したようだ。「きみのいうとおりだ、サラアム・シイン。これだけは、いっておかなければならない。わたしはテラナーであるだけではなく、ネットウォーカーなのだ。総勢五百名にも満たないうちのひとりだ。そして、きみはわれわれの仲間になることもできる、サラアム・シイン。そう望むか？」

サラアム・シインは必死に考えた。自分はシオム・ソム銀河をすみずみまで旅した。だが、ネットウォーカーについては、これまで一度も聞いたことがない。

「アラスカ・シェーデレーア、ネットウォーカーとはなんだ？」

「おお」異人はいった。そのさい、ほとんど毛におおわれていない白っぽい顔をゆがめて笑った。「われわれ、ゴリムとも呼ばれている……エレンディラ銀河とスーフー銀河間のどの永遠の戦士も、わたしのような輩を生け捕りにするためなら、特務部隊をも派遣するだろう」

「きみたちは戦士の敵なのか?」

「そうだ、われわれは敵だ」

「ならば、すくなくともためしてみる価値はあるな」

「もしきみがいまここで同意したなら、サラアム・シイン、もうきみはもどれない。わたしが保証できるのはきみの命だけ。ほかにはなにもない」

サラアム・シインがふたたび、相手を見つめた。ほとんどがたがたのからだつき、短い頸、そのうえに、ほとんど動かない、異様な顔が鎮座する……その顔は、充分に信用できそうだ。

「アラスカ・シェーデレーア……わたしは危険を冒そうとも!」

＊

ネットウォーカーは、まるで空気に溶けたかのごとく、一瞬で姿を消した。とはいえ、サラアム・シインは心構えができていた。すでにアラスカ・シェーデレーアから、優先路の存在について聞いていたから。ネットウォーカーはだれでもこの優先路を、コスモヌクレオチド・ドリフェル領域におけるプシオン・ネットをめぐる、肉体のない旅に利用できる。このネットはおよそ五千万光年を横断するという……サラアム・シインに感銘をあたえ、驚かせる数値だ。

「いますべきは、待つことだ」オファァラーは、ぼんやりと小声でいった。一日か二日後、まさにこの場所でふたりは再会する。アラスカ・シェーデレーアと、そのようにとり決めたのだ。めたのだ。安全上の理由で、ネットウォーカーは可能に思えるときはいつでも、自分の宇宙船を局外に置くらしい。それでも、サラアム・シインにとり、プシオン・ネットはまだ通行不可能なため、その手の輸送手段を必然的に入手しなければならない。

それゆえ、待つしかなかった。なにもせず、ひと晩じゅう、天空を見つめる。まもなく、宇宙船が出現するにちがいない。遠い光点が目にはいる。そこにはひょっとしたら、エスタルトゥ十二銀河を代表する銀河がいくつかあるかもしれない。至福のリングを持つエレンディラ銀河、たがいを通過したアブサンタ゠ゴムとアブサンタ゠シャド銀河……エメラルドの鍵衛星をもつパルカクァル銀河、オルフェウス迷宮をめぐるカリュドンの狩りがおこなわれるトロヴェヌール銀河……そうだ、エスタルトゥ銀河には奇蹟が豊富で、シオム・ソム銀河の紋章の門は、ほかの銀河における奇蹟同様、奇蹟に属する。

サラアム・シインは、すくなくともすでにシオム・ソム銀河内を旅してまわった。凪ゾーンの惑星も周辺領域も見たことがある。もっとも、アラスカ・シェーデレーアから告げられたことは、自分の想像をはるかにうわまわるものだったが。

サラアム・シインは、その夜がすぎるのを待ち、翌日の昼間は食用果物を探しながらすごし、その晩、ふたたび所定の場所にすわった。ほとんど眠らなかった。オファラーが望めば、長いあいだ、眠らなくともすむ。

やがて、そのときが訪れた。空の鈍い光のパターンに対し、ひとつの影が音もなく、大きくなっていく。影はゆっくり降下し、全長七十メートルほどの涙滴形宇宙船と化した。もっとも厚い個所は船首部で、滴の直径は三十メートルほど。サラアム・シインはさらに、明るく照らされたパノラマ窓に気づいた。どうやら、そこに船の司令室があるようだ。下極部の先端にシリンダー型の着陸脚が形成された。

その直後、着陸脚に開口部が出現し、ネットウォーカーのシルエットが逆光のなかに浮かびあがる。

「こちらへ、歌手よ。必要以上に、ここに長くとどまるつもりはない！」

サラアム・シインは声にしたがい、動きはじめた。いまや完全に、異人にたよっていた……変化した状況を正確に判断するには、時間と情報が必要だ。自分がこれまでの全生涯を振り捨てようとしているのは、明らかだ。とはいえ、それについて熟考する時間は充分にあっただろうか？　留保するには、もう手遅れというもの。

アラスカ・シェーデレーアに連れられ、反重力リフトで涙滴形船の司令室に向かった。

「わが船は《タルサモン》という」痩身のネットウォーカーが説明する。「これはソタルク語ではなく、ある湖の名前で……」

歌手であるサラアム・シインには、異生物の言葉から言外の響きを聞きとることが可能だ。「言葉に憂いがこもっているようだな、アラスカ・シェーデレーア」

「そうだ。わたしはそこにもどりたくてしかたがない。きみのいうとおりだ。だが、いまそれは、われわれの問題ではない、歌手よ。われわれ、ネットウォーカーは五百名にも満たない。そして、その任務は広範囲にわたる。永遠の戦士とエスタルトゥは、その一部にすぎない。時間が重要なファクターとなるだろう……それゆえ、サバルまでの移動時間を利用し、きみのあらたな任務について話そう」

サラアム・シインは、細心の注意をはらって耳をかたむけた。ひと晩以上かけて目的地に到達したときには、すくなくとも〝ドリフェル〟とプシオン・ネットの脅威についてて大まかに理解した。ネットウォーカーから、クエリオンについても聞いた。精神存在として〝ゴリム〟組織を設立し、きょうもなお、その最重要メンバーとみなされているという。

旅の二日め、アラスカ・シェーデレーアはこう告げた。「われわれの基地惑星は、プシオン・ネットがまったく通常路を構築していないセクターにある。エスタルトゥの宇宙船は、惑星サバルに到達できない。不便なのは、いまメタグラヴ・エンジンに切りかえなければならないということ。それにはあと半時間かかる」

サラアム・シインは、興味津々で待った。ほとんど待ちきれなくなったとき、《タルサモン》はようやくハイパー空間を出た。

*

惑星サバルは、三分の二以上が水面《みなも》で、のこりは四大陸と無数の島からなる。ネットウォーカーの本拠地は、ハゴンと呼ばれていた。サラアム・シインが聞いたところでは、およそ八十万の住民がそこでつねに暮らしているという。それは多種多様な出自の生物で、共通点はひとつだけ。ネットウォーカーと同じ目標を持つことだ。かれらもネットウォーカー同様に、コスモヌクレオチド・ドリフェルをあらゆる操作から守らなければならないと認識している。

これに対し、サラアム・シインは、かれらの姿勢の正当性に疑いをいだいた。かれらのようなはかない命の存在が実際、モラルコードの秩序について決定をくだせるのか？すでに旅した宇宙の一部だけでも、あまりに多くの苦悩があった……なぜ、そこにおけるそれぞれの再建の試みを妨害するのか？

アラスカ・シェーデレーアに訊いてみた。

棒状のからだを持つ異人は、しばらく黙ったままだった。やがてこう告げる。「きみが、優先路の惑星を身をもって知るまで待つのだな。そうすれば、われわれのやりかたが正しいと、感じるだろう。遅くともそのときには、サラアム・シイン。われわれにはきみが必要だ。きみは、ネットウォーカー組織における最初のオファラーになるべきだから。ひょっとしたら、まさにきみの協力が、決め手となるかもしれない……」

最初の数日間、サラアム・シインはこの答えに甘んじたもの。首都ハゴンの郊外のひとつにある、広々とした宿舎に泊まり、そこから、都市を遠くまで扇状に見てまわった。あらゆる機会をとらえては、都市の住民と話をする。技術者、管理者、さまざまな分野の科学者、休養のためちょうどサバルを訪れたネットウォーカーたちと。

四日が経過しても、まだ決心がつかずにいた。アラスカ・シェーデレーアを訪ね、ネットウォーカー五名を入団式のために招集するよう、たのんでもいい。あるいは、ハゴンにとどまり、ほとんどの住民のように連絡任務に携わることもできた。それでも、シオム・ソム銀河にもどるとしたら、ネットウォーカーになるしかない。

サラアム・シインは思いたつとすぐに、集会場のもっとも高い台座によじ登った。そして突然、温和なプシオン性のカノンを歌いだす。サバルの住民を制圧したいのではなく、ただ惹きつけたかっただけ。通常、そのためにはすくなくともオファラー十名からなる合唱団が必要だが、サラアム・シインは同胞種族がかつて生みだした、もっとも才能のある名歌手のひとりだ。

ますます多くの住民が、集会場に近づいてくる。そのなかには、このうえなく奇妙な生物もいた……サラアム・シインがいまだかつて見たことのないような。オファラーは徐々に、歌を内容で満たしはじめた。プシオン強度を高め、同時に自分の感じたあらゆる疑惑を表現にこめた。すこしずつ、カノンの形式的抑圧をゆるめ、奇妙な響きにおける内なる痛みに余地をあたえる。

〈きみたちは、おのれの信念に確信が持てるのか？〉群衆に問う。〈いかなる疑いも感じないのか？〉

そして、同じく不可解な方法で、群衆の答えがもどってきた。

〈どうして、おのれの認識に不安になりうるというのか？　この宇宙のどの生物も、〝ドリフェル〟と宇宙の秩序を変えようなどと身のほど知らずなことは許されない！〉

サラアム・シインは、そこの下から生物がひとつになって襲いかかってくるのを感じた。カノンのハーモニーのなかにもどる。いまや、信じられた。自分が理解し、制御可能なレベルにおいて大勢に支えられているのだから。

最後の和音で、プシオン旋律を消した。聴衆数名がまだ数秒間、そこに立っていたが、ほとんどは、本来しようと思っていたことに向かった。最後にのこった者のなかに、棒状の痩《や》せた姿がある。サラアム・シインは、それがアラスカ・シェーデレーアだとわかった。

「いい歌だった、歌手よ！」相手がソタルク語で叫んだ。戦争崇拝の言語だ。「思うに、そろそろ入団式の時間だな。どう思う？」

「ああ」サラアム・シインはためらうことなく応じた。「きっとそうだ」

＊

〝はじまりのホール〟には、六名いた。これから、同意の刻印を授与されるサラアム・シイン自身。毛皮の塊りのウルフォ二名、防護服の巨大なメタン呼吸生物二名。最後に肉体を持たないクエリオン一名だ。

サラアム・シインは、入団式に同席するよう、アラスカ・シェーデレーアにたのんだもの。ところが、寛容なテラナーはこう答えた。「それは不可能だ、歌手よ。わたしはネットウォーカーになってまだ日が浅い。そして、入団式には経験豊富なメンバーが必要とされる。あとで会おう」

同意の刻印が授与される場合、すくなくともクエリオン一名の立ち会いが必要だという。サラアム・シインには、なぜネットウォーカーを創設した精神生命体種族なしには入団式が機能しないのか、理解できない……とはいえ、とにかくそう決まっているのだ。クエリオンはもう一ダースも存在しない。いつか遠い未来、その最後の存在に死が訪れたら、それはネットウォーカー組織の終わりをも意味するだろう。

〈そろったようだな〉クエリオンの声が意識のなかに響いた。〈このなかでひとりだけ、まだネットウォーカーでない者が、招待されたサラアム・シインでまちがいないな〉

「まちがいない」四名が順々に確認する。

〈では、サラアム・シイン。われわれがここに集まったのは、きみが招待を受け入れるかどうかたずねるためだ〉

「受け入れる！」サラアム・シインが歌うように応じた。

〈では、同意の刻印の授与をはじめよう〉

サラアム・シインは、茫漠《ぼうばく》とした暗闇を落下しはじめた。すると、突然、宇宙構造のなかにいた。一瞬、この光景を実際につかみたいと望んだが、むだだった。どうやら、宇宙のモラルコードを見せられたようだ。それは、二重らせんのかたちで宇宙をつらぬき、この世のすべてを決め……サラアム・シインは目眩《めまい》がした。そもそも、自分はこの情報がほしかったのか？　いや、そうだ、欲したのだ！　そして、さらなる事柄もしめされた。最後のヴィジョンは、コスモヌクレオチド・ドリフェルだった。そのなかで、〝プシク〟と呼ばれるプシオン情報量子が、不可解な円舞を披露する。

いつのまにか、すべてが終わっていた。サラアム・シインは自分がほとんどとるにたらない肉体にもどり、ふたたび〝はじまりのホール〟にいるのに気づく。

〈〝ドリフェル〟を感じたか、サラアム・シイン？　なぜ、この宇宙の生物はだれも、

それを操作することが許されないのか、わかったか?〉

「感じた」サラアム・シインは、ありのままを答えた。「わかったとも」

いまやオファラーは、正当なネットウォーカーとなった。不可視のプシオン刻印は、すでに意識に刻まれたという。それは、半径五千万光年ほどのプシオン・ネットの優先路へのアクセスを許す証明書のようなものだ。

刻印がさらにもたらすものは、とりわけ歳月がしめすだろう。

＊

アラスカ・シェーデレーアは、〝はじまりのホール〟の前で待っていた。

「ようこそ、これできみも仲間だ、歌手よ。一刻もむだにできない。きみさえよければ、数日間、手を貸そう」

サラアム・シインは、よろこんで同意した。身長二メートルのテラナーとともに、優先路ではじめて移動する。エネルプシ船がエスタルトゥ領域で利用するのと、基本的に同じ手段だ。とはいえ、まったく異なるものともいえる。船は、ただ通常路にそってのみ移動でき、ネットウォーカーはプシオン的に異なる構造のシステムを利用する。もっとも、優先路は通常路よりもずっとまれなもの。それらすべては、マップに記載されている……優先路の位置および始点・終点が網羅されているものだ。

すでに、サラアム・シインは誂《あつら》えたネット・コンビネーションを着用していた。たしかに、これまでの防護服のように不格好ではなく、ずっと効率的なものに見える。「きみのネット・コンビネーションは生命保険だ。プシオン・ネットから通常宇宙に落ちた場合の」テラナーが説明した。「きみはコンビネーションのなかで生きのびることができる。われわれが見つけるまで……われわれはかならずきみを見つける。安心してくれ」

一週間後、サラアム・シインは、比較的長距離のジャンプをはじめて試みた。目的地として、数百万光年はなれたポイントに位置するザアトゥルを選ぶ。

オファラーは、優先路のネットにはいりこめる場所をしめす、非物質的な淡い半球のひとつをめざした。ふつうの人間は、このポイントを認識できない。突然、方向感覚があらゆる色彩に満たされた。銀河は燃えるらせんと化し、すさまじい速度で回転する。すると、星々のかわりに、暗赤色のポイント標識灯が見えた。微光を発するものもある。

サラアム・シインの目は、実体のない精神の目だった。ただ感じることのみが可能な方法で、プシオン刻印に助けられ、無限にひろがる認識を得る。それでも、ふつうの生物が四次元空間において見るような現象だけでなく、さらにプシオン・ネットのルートに注意を向けた。それらを、ひろく分岐した交通路として把握する。そのノードと枝にそって、任意に移動が可能なのだ。

ネットウォーカーの主観的時間感覚では、移動するあいだ、時間が流れているように思える……サラアム・シインは、あらゆる分岐点で正しい道をめざす機会を得た。とはいえ、実際の移動は、時間が経過することなく終了する。それは、絶対移動によるものらしいが、サラアム・シインは完全には理解していない。詳細はどうでもよかった。ただ望むのは、ネットにそって滑るように移動し、目的地に到達すること。優先路が目的地に接しているかぎり。

惑星ザアトゥルでネットから降りる場所をしめす、非物質的半球の下で再実体化した。コンビネーションは、けばけばしい色の衣服でカムフラージュしてある。これなら、どのオファラーの目をも引かないだろう……だれもが風変わりな衣装と目だつふるまいを好むから。

「おい、異人よ！」

サラアム・シインは、急に振り向いた。十二本の触手が、思わず防御ブロックを形成する。とはいえ、非常事態ではほとんど役にたたないだろう。

「どうやってここまできたのか、異人よ？　怪しいものだ……」

「しずかに！」サラアム・シインは歌うようにいった。自分でも声の冷たさに驚く。たしかに、故郷惑星の、よりにもよってこの荒涼とした場所で自分が出現するのをほかのオファラーに目撃されるとは、予想していなかった。それでも、ベストをつくそう。

「わたしは最重要任務のためここにきた。じゃまをしないでもらいたい！」

そのさい、相手の注意をそらすプシオン圧を声にこめた。実際……成功する！　この成功ひとつとっても、サラアム・シインの歌手としての非凡さがわかる。通常、この手の影響力をあたえるには、すくなくともオファラー十名が必要だから。

「だが……」深紅の肌をした巨体の農業技術者はあえて異議を唱えた。「わたしは、きみが虚無からあらわれるのを見た！」

サラアム・シインは、いら立ちをしめすがらがら声をあげた。「きみは、これまでデフレクターについて聞いたことがないのか？　わたしが怒りだす前に、とっとと消えうせろ。わが自尊心は非常に傷つきやすいのだ。なにをいいたいのか、きみがわかるなら……」

農業技術者は、心を決めかねているようだ。やがて、停めてあった収穫浮遊機に乗りこむと、姿を消した。

サラアム・シインは、ほっとして笑った。わかっている。あらゆる事件をこのように無事に切りぬけられるわけではない。それでも同時に、ネットウォーカーが任務において遭遇する危険を身をもって経験したわけだ。アラスカ・シェーデレーアは、その準備をさせていた……もっとも、みずからの経験にまさる警告はない。ふたりともそれを承知していた。

ザアトゥルでなんの収穫もない数時間をすごしたあと、サラアム・シインはふたたび、プシオン・ネットにはいりこめる場所に向かった。淡く光る半球をなんなく見つけ、ふたたび目撃されることなく、はいりこむ。その瞬間、ネットウォーカー本拠地であるサバルに帰還した。

アラスカ・シェーデレーアは、すでにシントロニクスのコンソール近くで待っていた。

「歌手よ、これからきみの宇宙船を入手しようと思うが、どうだろう」

＊

サラアム・シインは、何時間もかけて設計図、提案書、造船計画を吟味した。ホロ・プロジェクションを見つめ、同時にモニターにデータリストを次々とうつしださせる。そのうちのどれひとつとして、たいして役にたちそうもない。「いや、アラスカ・シェーデレーア。きみたちのネット船は、どれも気にいらない。わたしのニーズにあわせた特別な船が必要なのだ……考えてみてくれ。わたしは歌手で、音響ならびにプシオニックは厄介な領域だ」

「ならば、なにも助けにならないな」瘦身のテラナーが応じた。神経過敏になり、緊張しているように見える。「きみとシントロニクスをしばらくほうっておくことにしよう。数日後にまた会おう」

「どこに行くつもりなのだ、アラスカ？」

テラナーは顔をしかめた。サラアム・シインはすでに、これが微笑をしめすものだと知っていた。「きみに一度、タルサモン湖の話をしただろう、歌手よ。きみはきみのネット船の面倒をみていればいい。わたしは、すぐにもどってくるから」

サラアム・シインは、熱心にあらたな課題にとりくんだ。サバルの最新シントロニクスが従来の計算機にくらべて、どれほどすぐれているのか、ようやく気づく。数分もしないうちに、船の全セクションを変更し、再計算させた。ほとんど一時間ごとに、設計図があらたに作成されていく。

四日が経過し、ようやく設計図が完成した。作品はサラアム・シインがいうところの、特定の〝オプショナル〟つきの高性能なネットウォーカー船だった。もちろん、エネルプシ・エンジンをそなえている。そのうえ、メタグラヴ・エンジンも搭載され、凪ゾーンならびに通常路が貫通していない宙域においても、きっと操縦可能だろう。

アラスカ・シェーデレーアは、その同じ日にもどってきた。たしかに、サラアム・シインはこのテラナーを信用していたが、自分がどんな計画をたてているのかをあかすのは、断固拒否した。

「まずは、船をつくらなければ。それから、きみにオファラーの名歌手が仕事に必要なものをしめそう」

船の完成まで、わずか三週間だった。サラアム・シインは、サバルの技術者がこれほど速く、設計図をかたちにできるとは思ってもみなかった。とはいえ、それによってオファラーの熱意がすこしも失われることはない。そのあいだ、多くのネットウォーカーと話し、一度か二度、ちょっとした出動をしたが、基本的にはひたすら待機の日々だった。惑星サバルに、自分のほかにオファラーはいない。自分のような輩がまったくいなければ、サラアム・シインはうまくやっていくことができないだろう。そして、船の完成は自分にとり、今後の活躍の場にもどる合図になるはず。

「ああ、アラスカ・シェーデレーア……わたしはマルダカアンに行かなくては」テラナーとともに、完成した船の前に立ち、オファラーは告げた。「思うに、そこでわたしはもっとも役にたてるだろう。とはいえ、まずは、きみに《ハーモニー》内を案内しよう」

「いい名前だな」

「わが種族においては、歌がどのような意味を持つものか、ほとんど忘れられてしまった。とりわけマルダカアンでは、あらゆる音が目的のための手段にすぎない……この《ハーモニー》で、まだ永遠の戦士に束縛されていなかった時代を思いだすよう、オファラーに働きかけるつもりだ。当時、すべてはまったくいまと異なっていたにちがいない」

「きみは、おおっぴらに活動するわけにはいかない。そんなことをすれば、きみはわれわれにとってのあらゆる価値を失ってしまうことになる」

「それは、わかっているとも。わたしは、長く待つことになるだろう」

ふたりはともに、直径四十メートル、高さ十五メートルの金属盤に足を踏みいれた。その上端にはボウル形構造体がついている。内部は、クエリオンの技術で満たされていた。もちろん、ほかにラウンジが三室あり、どれもサラアム・シインにとってはさほどせまくなさそうだ。

「わかるか、アラスカ」オファラーが、わざと冷静な口調で歌うようにいう。「ここで多くの時間をすごせるようにした。《ハーモニー》にはドリフェル・カプセルが一機もない……すこしの空間もむだにするわけにはいかなかったのだ……ここに見えるものは、ほとんどがフォームエネルギー・プロジェクターによるものだ。バリア・フィールドも構築できる。相当な種類のバリア・フィールドを。吸音バリア、反射バリア、閉じた空間をよそおうためのフォームエネルギー壁。水だろうが植物だろうが、まったく同じだ。音響とプシオニックに影響をあたえるものは、ほとんどすべて代用できる」

「見せてくれ！」テラナーが応じた。友は、サラアム・シインが前回会ったときよりも、いまのほうがずっとおちついて見える。それでも、棒状のからだを持つ生物を謎めいたオーラがつつんでいた。状況がちがったなら、歌手はこれを挑発と感じただろう。

「もちろんだ」オファラーは《ハーモニー》をサバルのひろい軌道に向けて出発させた。「そうしたら、きみもこのボウル形バリアがなんの役にたつのか、わかるだろう」

ふたりはともに、《ハーモニー》の上部デッキに向かった。サラアム・シインがシントロニクスに命じ、〝ドーム〟を設置させると、アラスカ・シェーデレーアの顔に緊張が浮かんだ。不可解なようだ。

「エアロックを開けるぞ!……いや、アラスカ、酸素供給は必要ない……見たまえ!」

頭上に宇宙空間がひろがる。もっとも大きく見えるのが、白色恒星ムールガだ。一見、動かないように見えるが、漂っているという。ひょっとしたら、数百万年もすればアブサンタ＝シャドから投げだされるかもしれない。サラアム・シインは、まじまじと見つめた。やっとのことで、防御バリアの白っぽいグリーンのヴェールを見つける。それが《ハーモニー》の上に呼吸可能な空気をとどめていた。防御バリアの端は、ボウル形構造体の端とぴったり重なる。

「ここに、わたしは独自の歌ドームを投影することができる、アラスカ。広い庭あるいは、ひらけた自然を選ぶこともできる……すべて気分しだいだ」オファラーは、ためしにいくつかの音声を聞かせた。最後に、頸のつけ根の有機シンセサイザーによる和音をくわえると、即興のカノンが暗示的傾向のない旋律に変わった。

「そして、ここからがもっとも重要だ、アラスカ。《ハーモニー》の装置は、一合唱団をまるごと創りだせる。サバルには、驚くべきプシ・プロジェクターがあるものだな。わたしは、利用しうるかぎりの装置を船に組みこませたというわけだ」

　サラアム・シインは、夢中になってシントロニクスに、真実の歌を流させた。アラスカ・シェーデレーアのようなメンタル安定人間あるいはミュータントではない生物ならば、圧力に屈するにちがいない。

「わかるか、わたしは合唱曲すべてをつくり、ためすことができる。そのうえ、《ハーモニー》は、わたしがマルダカアンでさえ習得したことのないような知識を提供するのだ」

　テラナーは、感銘を受けたようすだ。「それでも、ドリフェル・カプセルをあきらめたとは驚いた。そのような決定をくだしたネットウォーカーは、きみがはじめてだ」

「それにには正当な理由があるのだ……」サラアム・シインが歌うように応じた。「音楽は、わたしにとって、とりわけ重要なもの。だから、ほかのなによりも優先されなければならない。〝ドリフェル〟はわたしなしでも存在するし、わたしは〝ドリフェル〟なしでも生きていける」

　オファラーは、どうにか興奮をおさえ、近い将来について話した。「計画では、マルダカアンに声楽学校をつくるつもりだ。おそらくそれが、わたしがもっとも役にたてる方法だと思う。とはいえ、《ハーモニー》から遠くはなれるつもりはない。つまり、船をマルダカアンのどこか近くに停泊させる必要があるということ」

「正確にはどこだ？」

サラアム・シインは、いささか不安になったものの、みずからにいって聞かせた。最後まできっちりやりきるのだ。「マルダカアンから半光年もはなれていないところにある赤い恒星だ。《ハーモニー》はつねに、コロナ内にとどまらなければならない。まさにそこに、通常路と優先路が交差するノードがあるから。《ハーモニー》は操縦可能な状態のまま近くにとどまり、わたしは個体ジャンプでいつでもそこに到達できるというわけさ。

どう思う、アラスカ・シェーデレーア？」

痩身のテラナーは間を置き、やがて答えた。「わたしにはわからない、歌手よ……それでも、ひょっとしたら、それが最良かもしれない。いつか、再会できればいいな」

「もう、わたしからはなれるつもりか？」

「もちろんだ、サラアム・シイン。思うに、きみはわたしがいなくともやりとげるだろう。ネットウォーカーは、単独で動く。それでいいのだ。われわれの仲間は、五百名もいないのだから。わたしは、ほかのどこかで必要とされるはず」

「ならば、達者でな、アラスカ」サラアム・シインが歌うようにいった。

「われわれ、同じ目的のために働いている……そして、いつか、すべての道はひとつになるだろう」

サラアム・シインは、この奇妙ないいまわしがなにを意味するのか、たずねようとしたが、それにはおよばなかった。次の瞬間、テラナーが姿を消したのだ。すでに優先路のネットにはいりこんだのだろう。

「さ、そろそろ時間だ！」それゆえ、サラアム・シインは歌うようにいった。「マルダカアンに向かおう！」

5

歌の師

まず、かくれ場として選んでおいた赤色恒星をめぐる安定した軌道に《ハーモニー》を向かわせた。たしかにコロナはとてつもなく高温だ……が、ネットウォーカー船に重大な被害をもたらすほどではない。一方、ここでは探知される危険がきわめて低いのだ。つづいて、サラアム・シインはネット・コンビネーションを着用し、優先路にそって、ジャンプした。予定どおり、恒星の唯一の衛星に到達し、そこからもよりの客船に乗りこむ。六時間弱で、惑星マルダカアンに到着した。ただの一度も、必要以上に注目されずにすむ。歌手は、いつもどおり、カラフルな衣装の雑踏にコンビネーション姿を紛《まぎ》れこませた。

オファラーのだれもが、サラアム・シインと同じように風変わりで、スペクトルのあらゆる色彩に輝いてみえる。腕六対と、チューブのような頸の先端の卵形頭部を、つねに衣服からのぞかせていた。

かつて、ここに住んだことがある……当時は、はげしい野心とすぐれた才能にあふれた若き植民地オファラーとして。

いまや、多くのことが、思い描いていたのとはまるでちがっていた。とはいえ、それはたいしたことではない。サラアム・シインは、ふたたびマルダカアンにもどってきた。そして、こんどは、自分の人生がどのような方向に進むのか、みずからの力で決めることができる。

一目散《いちもくさん》に宇宙港領域を出ると、自動タクシーを呼び、中央登記所を訪ねた。そこで、自分の計画のために適した物件を割りあてさせるつもりだ。

「あなたは、まずテストに合格しなければなりません」応対した地味なオファラーが歌うようにいった。「歌手よ、だれもが、自分の計画を実現できるわけではありませんから。つまり、どうか……」

サラアム・シインは、歌の技能サンプルを提出した。プシ・デテクターが暗示インパルスの数値をはかり、付属のスクリーン・ディスプレイのカーヴが上下する。

「これですべてです」地味なオファラーが歌うように告げた。それからようやく、最終数値を確認する。信じられないといわんばかりに数対の腕を交差させ、赤く輝く肌がわずかに色味を失った。「ありえない！　ひょっとしたら、トリックか……！」

サラアム・シインはすでに、鎮静効果のある和音を生じさせていた。これで、相手はさらに確信する。「いや、ちがう……思いちがいに決まっている。あなたは、名歌手ですね。ならば、物件を用意します。最後に手つづきのために、名前を教えてください」

「サラアム・シインだ」

相手の視覚器官房がひろがった。「ああ、あなたの話は聞いたことがあります、サラアム・シイン、吟遊詩人ですね」

「いや、いまはもうそうではない。いまのわたしは、サラアム・シイン、歌の師だ」

＊

サラアム・シインは声楽学校の建物にうつれるようになるまで、南極都市マルダッカのはずれのちいさなホテルに泊まった。そこから、岩塊だらけの、ほとんど変化にとぼしい荒野をひろく見わたせる。建設工事中の場所もいくつかあり……そこでは、次の生命ゲームの舞台が用意されていた。

夕方ごろ、思いがけない訪問者があった。ホテル従業員のひとりだとはまず考えられない。ほとんどロボットしか働いていないし、従業員ならば、素性を明らかにするだろう。いま、部屋のドアの前のスクリーンには、だれもうつっていないのだ。

「ドアを開けるのだ！」サラアム・シインが音響サーボに向かって、調整されていない声で叫んだ。自分がここにいるとだれが知ったのか、すこしの疑惑もいだかない。

きわめてちびのオファラーが目の前に立っていた。サラアム・シインはそれがだれだか、すぐにはわからない。

「ハロー、サラアム・シイン!」

特徴ある歌声が、記憶の環をつなげた。「カレング・プロオ……なぜ、わたしがここにいるとわかった?」

「だれもがみな、いたるところでつながっているもの。わたしはいまもなお、ベルク・ナムタルの責任者だ。そして、そのような地位にあるわたしは、マルダカアンにおいて最大の影響力を持つ、歌の師なのだ」サラアム・シインは、相手の言葉からまぎれもない自惚《うぬぼ》れを聞きとった。それでも、カレング・プロオがプシオン能力をさらに高めたと感じる。

「わたしになんの用だ?」

「自明ではないか? きみは……わたしの次にだが!……マルダカアンにおける、おそらく最強の名歌手だろう。ベルク・ナムタルはライバルを必要としない。われわれ、声楽学校間のいかなる冷戦も望まないから。それゆえ、われわれのところへきたまえ! すぐれた歌手のための場所はつねに……」

サラアム・シインはしばらく考えた。相手が自分に対する憎しみをいまだにいだいているのは完全に明らかだ。それゆえ、カレング・プロオの申し出は腑《ふ》に落ちない。

「それは、きみの監督下にある場所だろう？」

「もちろんだ。サラアム・シイン、きみはわたしがベルク・ナムタルをひきいていることをよく知っているではないか！」

いま、ようやくわかった。いつか、カレング・プロオの声楽学校に足を踏みいれることがあれば、自分にとり、そこはこの世の地獄となるだろう。たがいの敵対心と嫌悪感は、歳月の経過とともに薄れるものではけっしてない。いや、けっして……そして、相手の無関心そうな態度は、断じて妥協の意志のあらわれではない。反対に、その下には和解などありえない憎悪がかくされている。なぜ、それほどの憎悪が生まれたのか、サラアム・シインには知るよしもない。

ひょっとしたら、その裏には嫉妬心もあるのかもしれない。そう考えた。もしかしたら、カレング・プロオには、自分こそがマルダカアンの最高の歌手だと、つねに思いこんでいる必要があるのかもしれない。そう、そういうことだ。カレング・プロオは実際、自分がただの二番手にすぎないという無意識の劣等感に苦しんでいるにちがいない。

「悪いが」サラアム・シインが礼儀正しく、歌うように告げた。「きみの寛大な申し出を辞退しなければ」

突然、ヴェールのごとく、カレング・プロオから無関心の仮面が剝がれおちた。「きみは後悔するだろう、吟遊詩人よ。わたしは冷戦を望んだわけではないが、そうなるだろう！」相手の歌を満たす攻撃性に、サラアム・シインは数歩後退した。

「これで話は終わりだ、カレング・プロオ」

ちびオファラーはどうにか自制すると、踵《きびす》を返し、ライバルの部屋から走りさった。

一方、サラアム・シインは、ぎごちなく椅子に腰をおろし、考えにふけっていた。戦いはすでにはじまっている。そうわかっていた。いずれにせよ、カレング・プロオは、わたしのやりかたをきわめて不当なものとみなすだろう……サラアム・シインは、その日のうちに知らせを送っておいた。吟遊詩人ならびに才能発掘者として活動していた時期に、マルダカアンにおける職を紹介した歌手全員に宛てたものだ。そのうち数名はすでに、ベルク・ナムタルで雇われていたが、かれらが自分の呼びかけに応じるものと信じて疑わなかった。

「気をつけるのだな、カレング・プロオ」サラアム・シインは、歌うようにいった。「わたしは、ほかの声楽学校の校長のようにあっさりやられたりはしない」

*

翌日、サラアム・シインは正式にみずからが校長となる声楽学校の唯一の複合建物にうつった。設計者はそのなかに、音響ドームひとつに、居間、寝室、多目的スペースをいくつか用意していた。もちろん、建物自体はちっぽけだが、最初さえしのげればいい。

サラアム・シインが自分の学校において、より多くの歌手に能力を披露し、学校のレベルがあがればあがるほど、より早く、より広い敷地を認められるだろう。

マルダカアンの声楽学校は、とりわけ〝生命ゲーム〟において活躍の場がある。そして、そこで特別な成果を期待される者は、あらゆる支援を得られるのだ。

夕暮れの二時間前、歌手たちが新設校に集まりはじめた。サラアム・シインはかれらを、あらかじめ臨時の講堂として決めておいた大広間にとおした。そこに椅子のたぐいはひとつも見あたらないが、充分なひろさだ。到着する歌手の流れがとぎれることはなかった。巨大な赤色恒星ダ＝アンが地平線に沈んだころ、オファラーおよそ五十名が講堂に集まっていた。サラアム・シインはそのうちの多くと顔見知りだった……そうだ、じきじきに、マルダカアンの声楽学校における職を世話したことのある歌手たちだ。

とうとう、あらたに到着する者がいなくなった。

サラアム・シインは、将来の仲間の前に進みでると、歌うように告げた。「友よ！　きみたちの多くとわたしは面識があるが、なかには見知らぬ顔もある。きみたちがわたしの呼びかけに応じてくれてうれしい。未知の新設学校にくわわるのは、かなりのリスクといえよう……」

「そうではありません、名歌手！」若いオファラーが言葉をさえぎった。その顔にサラアム・シインは見おぼえがない。それでも、その声からプシオン性潜在能力を聞きとった。「われわれ、みな知っています。マルダカアンにおいて、カレング・プロオに太刀《たち》打《う》ちできるのはあなただけだ。われわれ、歌手にとっては、ベルク・ナムタルの評判がかならずしも最高なわけではない。そこは、冷酷で情け容赦ない場所……思うに、あなたはわれわれに、同じ歌の品質でもなにかちがったものを授けてくれるはず！」

サラアム・シインは、聴衆から賛同の声があがるのを聞いた。

「いずれにせよ、わたしはきみたちに手本をしめすつもりはない」校長は歌うように告げ、そのさい、注意をうながすインパルスを声にこめた。「それでもここにのこりたい者は、のこるがいい。あらゆる支援をあてにしてもらってかまわない。わたしは新曲をいくつか用意してみた。思うに、われわれはすぐにでも、主要な声楽学校十校に追いつくだろう……」

「それは、まったく問題ないはずです！」ふたたび、先ほどの若いオファラーが口をはさんだ。

「とはいえ、大変な作業になるだろう」サラアム・シインが静める。名歌手は、熱意のきらめきをあてにしていた。それでも、根気と努力なしにゴールに到達できると、だれも思ってはならない。「きみたちとわたし……われわれは、最大の成果達成をめざして協力しあう前に、まず、たがいを受け入れなければならない。そこで、きみたちにたずねよう。わたしのもとにとどまる者はいるか？　その気のない者は、いますぐこの場を立ち去るがいい。だが、だれもその者について悪くいってはならない！」

サラアム・シインは、いささか不安げにオファラー五十名を見つめた。いまもなお、そこに立ったまま、名歌手の言葉に耳をかたむけている。だれひとりとして出ていく者はいない。つまり、全員を勝ちとったということ。かれらはすぐにでも、リーダー的役割をになうだろう。サラアム・シインは完全にそう確信している。すぐにあらたな歌手たちがくわわるはず。かれらとともに、合唱曲のプシオン力は増すだろう。

「つまり、これがわれらのあらたな声楽学校の誕生の瞬間だ」校長は、きわめて冷静に宣言した。内心はうれしくてたまらなかったが。「きみたち全員がいま、声楽学校ナムビク・アラ・ワダの歌手となったのだ……〝われわれは名誉のために歌う〟という意味だ」

オファラー五十名のどこからともなく、明るい感じのハミングが聞こえてくる。サラアム・シインにはわかった。その歌は、運命のさだめにより、一流合唱団の設立に手を貸したわけだ。新しい仲間はだれひとり、かならずしも法典の教えにそった厳格な考えかたをしていない。名歌手は、なんとなくそう確信する。それでも、自分がネットウォーカー組織の一員であることは、徹底的に秘密にしておこう。

＊

その晩のこと、寝室にもどると、サラアム・シインはプシオン・ネットの優先路にはいりこんだ。時間が経過することなく、《ハーモニー》に到達する。船は恒星コロナによる損傷をまったく受けていない。シントロニクスが、永遠の戦士のエネルプシ船は一隻も近づきすらしなかったと告げる。

サラアム・シインは、高さ十五メートル、直径四十メートルの円盤船の上端にいた。そこから外壁がボウル形漏斗《ろうと》に変わっていく。

自動的にドーム形エネルギー・フィールドが構築された。数秒後には呼吸可能な空気がドーム内を満たす。サラアム・シインは無指向性のプシオン和音をいくつか出し、音響効果を確認した。万事順調だ……サバルの設計者はいい仕事をしたものだ。将来的には、ここで可能なかぎり職務にあたりたい。たしかに、学校の歌手たちは口外しないと信じているが……自分の活動分野には〝禁じられた歌〟もふくまれることになるだろう。自分以外のだれかに、これを押しつけるわけにはいかないから。

サラアム・シインは、プシオン性高周波領域に影響をあたえない牽引ビームによって、エネルギー・ドームのほぼ中央まで上昇した。周囲をとりまくのは赤い火球だけ。それは、外側の防御フィールドによってたもたれ、数メートルはなれたところにゆらめくリングを形成する。

赤く輝く卵形頭部の数センチメートル上に、輝くリングが生じた。いわゆるプシ・レセプタだ。これは、脳のインパルスを受け、同様のプシオンベースで、オファルの合唱団を創りだすことができる。

ためしに、環状発話膜から声を何回か出してみる。正確にはかった暗示インパルスをこれにくわえると、同時に《ハーモニー》のプロジェクターがそれを多声合唱に変換するのがわかった。サラアム・シインは、誇らしげにさらなる音声をくわえる。そうだ、成功したのだ……！　ナムビク・アラ・ワダのためにあらたな半音階歌曲を編みだし、遅くともマルダカアン暦で半年後には、この声楽学校が生命ゲームにおいて〝音頭をとる〟ようにしよう。

サラアム・シインは、カレング・プロオよりもはるかにすぐれている。なんといっても、吟遊詩人時代、相当の苦労を強いられたから。流浪生活にまさる学校はないのだ。まさにそれこそが、ベルク・ナムタルのライバルをしのぐ、サラアム・シインの強みだった。

カレング・プロオのことを考えたとたん、ほとんど本能的に声の調子が、快活な長調から重々しい短調に変わった。サラアム・シインは、心のなかで悪態をつく。名歌手たるもの、思いどおりに感情を制御できなくてどうする……あるいは、すくなくとも感情をおもてに出すべきではない。実際、わが声楽学校の設立により感情が高ぶり、このように動揺してしまったのか？　きっと、そうにちがいない。

驚いて気づく。さらに自制が効かなくなり、短調の歌がナムバク・シワ……死の歌に変化したのだ。《ハーモニー》の仮想合唱団は、サラアム・シインをとらえ、はなそうとしない。突然、破滅をもたらす響きが最大限に達し、防御フィールドがプシオン振動の共鳴板と化した。この効果にとらえられないよう、あらゆる抵抗を試みる。自分自身の暗示インパルスにおおわれるようにした。ぎりぎり死をまぬがれる程度に。これがここで起きたのはさいわいだった。どの聴衆からも遠くはなれたこの場所で。

サラアム・シインは確信した。自分以外の聴衆は全員、精神的にも肉体的にも死の歌の虜《とりこ》になるだろう。まるで幻影のごとく、カレング・プロオの姿が見えた……ライバルは、ナムバク・シワの耳をつんざくような響きのもと、結晶状の透明な硬い物質と化し、とうとうこっぱみじんに吹きとんだ。

サラアム・シインは気分が悪くなり、触腕先端のセンサーの束をこすりあわせた。魅了されると同時に反感をおぼえる。とはいえ、さらに多くを感じた。しばらくのあいだ、死の歌の多声版に耐えたため、これを徐々にうまく制御できるようになった。万一のときには、死の歌をナムビク・アラ・ワダでとりいれてもかまわない。自分にはそれが可能な気がした。とはいえ、けっしてそうならないといいのだが。

サラアム・シインの哲学は、永遠の戦士の哲学とはちがう。信じるのは、戦いと死ではなく、平和と愛だ。この理由から、わが校をナムビク・アラ・ワダ……〝われわれは名誉のために歌う〟……と、名づけた。名誉とは、了見のせまい脆弱《ぜいじゃく》なものでなく、むしろ自分の信念に忠実でありつづける持久力を意味する。すくなくともそのように解釈してもらいたい。サラアム・シインはそう思った。

シグナル音でわれに返った。《ハーモニー》をはなれる時間だ。まもなく、マルダカアンでは新しい一日がはじまる。それまでには、自分の新しい合唱団に充分に気を配れるよう、学校にもどりたい。

「急いでください、サラアム・シイン！」ネット・コンビネーションのシントロニクスが、ささやきかけた。

「わかった……」たちまち、集中力を完全にとりもどす。徐々にナムバク・シワのプシオン・インパルスを弱めていくと、もはや意味のない、曖昧な旋律しかのこらなかった。それがすべてなのか？　これが、純粋な音としてとらえた場合の死の歌なのか？　まるで、支離滅裂で平凡な童謡と同じくらい、つまらなく聞こえる……もちろん、わかっているとも。ただの思いちがいだろう。

＊

カレング・プロオとの対決は、まもなく実現した。ナムビク・アラ・ワダ設立の三日後、歌手三名から面会をもとめられたのだ。かれらを、管理業務用に用意したちいさな部屋で迎えた。

「で、用件は？」

歌手三名は、しばらく話を切りだせずにいた。やがて、もっとも体格のいい一名が、勇気を奮い起こす。「訪問者がありました……カレング・プロオの生徒のひとりです。南極都市の郊外にある人工池のひとつまで出向くよう、いわれたのです……カレング・プロオからわれわれに重要な話があるとのことでした」

「そのような要請にしたがうべき理由など、客観的にはなにもなかったのに！」ふたりめが、反抗的に口をはさんだ。サラアム・シインのほうは、興奮をあらわすことなく聞いていた。

「つづけてくれ」

「つまり、われわれはその池でカレング・プロオに会ったのです。かれは、ベルク・ナムタルに鞍替《くら》えするよう、甘い言葉で誘ってきました。さらに、あなたを破滅させるつもりだと、率直に認めたのです、サラアム・シイン」

「それでも申し出を断りました。ナムビク・アラ・ワダとわれわれの絆《きずな》は、かぎりなく深いものですから」

「感謝する」サラアム・シインが感情をおさえ、歌うように応じた。カレング・プロオなら、やりそうなことだ。「ならば、この面会の目的はなんだろう？　きみたちは断ったわけだから！　しょせん、きみたちにはだれとでも自由に話す権利がある」

　三番めのオファラーが認めた。かなり血色の悪い、ほとんどピンク色に輝く皮膚をしている。「まだほかにもあるのです、サラアム・シイン。あなたのいうとおりだ。この学校のだれもが、ナムビク・アラ・ワダを主要十校に追いつかせたい……そして、その目的のためにわれわれは力をつくすつもりです。ですが、カレング・プロオはこう主張しました……」と、わずかにいいよどむ。「あなたには、生命ゲームに参加するつもりがまったくないと。あまりに柔弱《にゅうじゃく》だから」ようやく、口から出た。

　サラアム・シインはしばらく、考えこんだ。そのとおりだ。場合によっては、参加を断ってもいいと考えていた。なんといっても、もうこれ以上、戦士イジャルコルの役にたちたくはない。逆に、戦うつもりだ。とはいえ、考えなおそうと思っていた。このシステムと効果的に戦うには、そのなかにはいりこまなければ。

「ならば、答えようとも。断じて、生命ゲームへの参加をあきらめるつもりはない。今年は音頭をとれなくとも、来年こそ。カレング・プロオはまもなく、われわれに敗《やぶ》れるだろう。かれには自尊心がないから。あの男が知るのは策略と嫉妬心のみ。われわれが苦労して身につけた音色が、かれの音色にまさることをしめそうではないか！」

　歌手三名は、しばらく名歌手を恥じいったように見つめていた。やがて、自分たちの部屋にもどっていく。そこで日々、研鑽を積まなければならない。サラアム・シインは知っていた。三名はしばらく、とりわけ熱心にとりくむはず……さらに、カレング・プロオの陰謀の話をひろめるだろう。

つづく数週間、似たような攻撃がさらにつづいた。どれひとつ成功しなかったが。サラアム・シインは反撃はしなかった。歌の調整で多忙をきわめたから。おかげで、だれもが、歌の師が要求する高いレベルにまもなく到達した。たとえ、わずか五十名しかいなくとも、はるかに規模の大きな合唱団の歌声に聞こえた。サラアム・シインは、メンバーのプシオン能力のほぼすべてを誘いだし、自分が定めたレベルまで引きあげたのだ。

さらに時間がたつにつれて、仲間の数はふくらんでいった。まず十名、やがて百名、二百名といったぐあいに。サラアム・シインは再三再四、気づいた。どれほど多くの有能な歌手が、この惑星の声楽学校の状況に不満をいだいていることか。新入りメンバーは、おもにかつての植民地オファラー……すくなくともある程度の芸術的素養がある金銀線状細工職人たちだった。かれらの能力は緻密さから生じたもので、プシオン力によるものではない。

ナムビク・アラ・ワダの設立から標準暦で一年が経過し、最初の〝猶予期間〟もすぎ去った。あらたな生命ゲームがはじまり、大規模な声楽学校すべてが大役をもとめて応募したもの。サラアム・シインの学校には、すでに千名ほどの鍛えぬかれた歌手が集まっていた。そのだれもが歌の師の指揮のもと、合唱曲を歌う準備ができている……ナムビク・アラ・ワダのメンバー全員による成果だ。

もちろん、すべての小規模な声楽学校もまた、予選に参加した。ときには、そのメンバーの数は数十名を超えることはなかったが、頭数のほかに質も重要なもの。サラアム・シインは、生徒とともにあらゆる戦いを勝ちぬいた。最後の対戦相手として、決勝戦つまりグランド・ファイナルではカレング・プロオひきいるベルク・ナムタルが待ち受ける。かつてその学校で、サラアム・シインは歌ったことがあった。

サラアム・シインは、対戦の前の晩のうちに《ハーモニー》を訪れ、歌のニュアンスをつかんだ。それこそ、ナムビク・アラ・ワダのスタイルにぴったりあい、かれの学校に確実なチャンスをもたらすものだった。

とはいえ、われわれは勝つ見こみのない挑戦者にすぎなかった。あらゆる主要な声楽学校がそうであるように、カレング・プロオもまた、およそ五千名を超える歌手をひきいているのだ……サラアム・シインといえば、千名にもおよばないのに。

それでも、重要なのは最高の質の学校を決定することであり、一般的に思われがちな人数が最大規模の学校ではない。小規模な学校にチャンスがないのは、そもそも優勢なライバル校に最高の才能が集まるからだ。

サラアム・シインは、ベルク・ナムタルの亡くなった歌の師から告げられた言葉を思いだした……〝オファァラー帝国のオファァラーならだれでも、ベルク・ナムタルからの招聘をありがたく受ける。そのかわりに、かれらは学校の評判を高めるのを助けるのだ〃そうだ……この悪循環を断ちきり、小規模な学校に活躍の場をあたえるのは、サラアム・シインのような天分に恵まれた歌手でなければならない。

決戦当日、ライバル同士が対峙《たいじ》した。カレング・プロオは、サラアム・シインの合唱団の参加を汚い手を使って妨げるため、いかなる労もいとわなかった。さいわい、その陰謀は成功しない運命にあったようだ。両校とも全員そろって会場にあらわれたから。一方は、サラアム・シインひきいるナムビク・アラ・ワダ。一方は、カレング・プロオひきいるベルク・ナムタルの選ばれし代表団。実際の試合は、法典守護者グラウクムの面前で開催された。マルダカアンにおける最高の歌手であり、かなりのプシオン力を持つ者だ。

決定的瞬間、サラアム・シインは切り札を使った。合唱曲に、ほとんど目だたないくらいのプシオン性ハミングを忍ばせたのだ。これにより曲は輝きをまし、同時にカレング・プロオの曲が平凡に聞こえた。決勝戦二日めの最後に、グラウクムによりナムビク・アラ・ワダの勝利が宣言され、センセーションを巻き起こす。数年たっても、サラアム・シインの方策は、戦術的傑作と呼ばれたもの。合唱団選抜コンクール史上はじめて、ちっぽけな学校が大金星をあげたのだ。サラアム・シインとその優秀な生徒たちは、次の生命ゲームにおいて〝音頭をとる〃だろう。つまり、ほかの歌手全員がその歌いかたにあわせなければならないということ。

カレング・プロオとサラアム・シインは、この試合後、偶然に再会した。「よろこぶのはまだ早いぞ！」ちびオファラーが怒りに声を震わせるようにいった。「次の機会があれば、きみときみの学校に大恥をかかせてやるからな！」

サラアム・シインは、なにもいわなかった。相手の顔にはあからさまな憎悪が浮かんでいる。ここで、つけいる隙をあたえるつもりはない。そのかわりに、数対の腕を交差させてさりげなく別れの挨拶をする。カレング・プロオを立たせたまま、その場をあとにした。内心は、まったくちがっていた……勝利に酔っていたものの、心の片隅では、恐怖に震えていたのだ。カレング・プロオの次の攻撃にそなえなければ。

「かかってこい」意地をはるようにいった。「きみにふさわしい答えを用意しておくからな」

＊

標準暦で数カ月後、名歌手ひきいるナムビク・アラ・ワダは、だれも追いつけないほどの躍進を遂げ、他校を大きく引きはなした。決勝戦は毎回、ベルク・ナムタルと対戦した。カレング・プロオは何度も敗れたが、サラアム・シインは文字どおり、相手がなにか手を打ってくると感じた。たしかに、他校の生徒や卒業生をたがいに引き抜きあう陰険な試みはさらにつづいたものの、歌の師全員が多少なりともこうした行為に関わっていた。サラアム・シインもまた、他校を裏切って仲間にくわわった歌手たちなしには、チャンスを活かすことができなかっただろう。

「平和だな」サラアム・シイン校長は、あるオファラーにこう語りかけたことがある。その歌手は、亡くなったオンデクにどことなく似ていた。「とはいえ、これは嵐の前の静けさだ。あのカレング・プロオがあっさり負けを認めるわけがない。それほど、かんたんにはいかないのだ。けっして、二番手に甘んじるような男ではないから」

それゆえ、サラアム・シインはたびたび《ハーモニー》を訪れ、そこで新曲と半音階歌曲を生みだした。ルーチンの合唱指導は、まもなく名歌手への第一歩を踏みだすであろう、ほかの歌手たちに安心してまかせられる。ときおり、オファラーの影響領域をめぐる旅に出た。昔とまったく同様に、吟遊詩人として惑星から惑星へとわたり歩き、若い才能の出現に目を光らせ、夜の公演によって生計をたてる。とはいえ、たいていサラアム・シインは素性を明かさなかった。こうして、すくなくとも、プシオン・ネットの優先路を利用して旅することが可能だった。さもなければ、だれもこのクラスの有名人から目をはなさないだろう。

いつだったか、ある遠方銀河からエスタルトゥにやってきた異人たちの噂を耳にした。異人たちのホロ・プロジェクションをはじめて見たとき、驚きのあまりほとんど卒倒しそうになる。その全員が、サラアム・シインの命を助け、サバルに連れていってくれたアラスカ・シェーデレーアそっくりに見えたのだ。なかには、あのテラナーよりもずんぐりむっくりした者もいたが、全体としてはたがいによく似ていた。この異人たちは、ヴィーロ宙航士と名乗っているという。その船は、エスタルトゥの船を凌駕《りょうが》するもの。とはいえ、ほとんど武装していないようだ。

時がたつにつれて、わずかな情報がさらにくわしいものとなった。ヴィーロ宙航士のなかには、テラナーだけでなく、ほかの種族も多数いるようだ。そして、サラアム・シインにとりもっとも驚くべきことに思えたのは、それらの種族全員が音楽を知っているという事実だった……たとえ、純粋に音響によるもので、まったくプシオン効果をふくまないとしても。エスタルトゥにおいて、これまでオファラーはほとんど比類なき存在だった。いまや、サラアム・シインは希望をふくらませていた。オファラー独自の芸術がひょっとしたら、あらたな刺激を得られるのではないか。ところが、そうはならなかった。コンタクトが最小限に減り、ヴィーロ宙航士はそれぞれ遠方に散ってしまったのだ。

それでも、なんとなく異人の到来は促進剤のように思えた。

そのうち数名が、ネットウォーカー組織にくわわったらしい。サラアム・シインは、それをたまたま耳にしただけだが、ほかの全ネットウォーカー同様に、情報ノードへのアクセス権を持つ。そこに、ほかのメンバーは……おそらくサバルから……異人のデータを保存していた。異人は、ペリー・ローダン、アトラン、ゲシール、ジェン・サリク、フェルマー・ロイド、ラス・ツバイという名前だ。サラアム・シインはさらに、前述メンバーとは外見的にきわめて異なる異生物二名の存在を知った。グッキーとイホ・トロトという名で、ほかの一部のメンバー同様に特殊能力を持つという。

とはいえ、サラアム・シインは異人からあまりに遠くはなれていた。かれらに近づいてコンタクトをはかるという可能性は低い。近い将来、マルダカアンをはなれるつもりはなかったから。ところが、標準暦でほぼ十年後、コンタクトが生じたのだ。のちにサラアム・シインは、まさにこれが転換期だったと知る。ネットウォーカー組織全体が、完全に相手の出方をうかがう戦術から攻勢に転じた瞬間だから。

それは、情報ノードに記録された、全ネットウォーカー宛ての一斉通信からはじまった。惑星サバルで会議が開催されるという。可能なかぎり多くの組織メンバーの出席がもとめられた。サラアム・シインは、ここ数年に実行したなかで最長の個体ジャンプを試み、首都ハゴンの中心にある会議ホールに遅れないように到着。そこには知性体およそ三百名が集まっていた……なかには、クエリオン十名の姿もある。

そのうちのひとりが発言した。サラアム・シインは当初、自分の聴覚器官を疑ったもの。やがて、このクエリオンが慎重に検討した内容を述べたのだと理解した。その〝計画〟は、シオム・ソム銀河のネットウォーカー全員の協力にかかっている。とはいえ、とりわけ特定のメンバーひとりに。そして、その者こそがサラアム・シインだった。時機は未定だが、ナムビク・アラ・ワダをひきいて合唱コンクールで勝利し、生命ゲームにおいて〝音頭をとる〟というものだ。好機が到来する前に、その準備をととのえておかなければならない。これが〝計画〟の変更不能な条件だった。

やるべきことは、それだけではない。クエリオンはすでにシントロニクスにより、死の歌、ナムバク・シワがとほうもない可能性を秘めていると算出していた。その歌の根底には、特殊なプシオン性半音階がある。クエリオンによれば、これは、無害な方法でほかの歌にも挿入可能だという。サラアム・シインはそれどころか、半音階歌曲を自分の声楽学校のトレードマークにできるかもしれない。つまり、自分がやるべきことは〝ただ〟ひとつ。《ハーモニー》を訪れ、計画的にナムバク・シワの可能性を探ること……

サラアム・シインは、すべてを試みることを承諾した。当面の中継パートナーは、ジェン・サリクという名のテラナーのネットウォーカーだった。この相手にはたしかに深い感銘をおぼえたものの、テラの音楽については有益な情報を得ることはできなかった。

一週後、サラアム・シインは、名歌手の帰還をすでに心待ちにしていたマルダカアンにもどり、自由時間の大半をナムバク・シワの変奏に捧げた。《ハーモニー》の設備は、一度ならず非常に役にたった。こうしてサラアム・シインは、ひょっとしたらはじめてのオファラーとして、プシオン圧が生物だけでなく、物体にも作用することを発見する。

その後、標準暦で二年を費《つい》やした。そのあいだ、何度もサバルにて自分のネットウォーカー船のプシ・プロジェクターをあらたな必要性にあわせて改良させた……こうして、そのときが訪れた。あらたな歌が完成したのだ！　なにが重要なのかわからない者は、ただこの歌のなかの奇妙なニュアンスのみに気づくだろう。けっして脅威とも効果的武器ともみなされない。マルダカアンやオファラーの星間帝国のいたるところで、この歌は無害だ。だが、しかるべき場所では……サラアム・シインは、思わず身ぶるいした。

あとは、そのときを待つばかりだ。とはいえ、それについてはサラアム・シインに決定権はない。自分の任務は、期日までに準備をととのえること。たとえなにがあろうとも、合唱コンクールでわたしは勝つだろう。それはたしかだ。それでも、まさにそこにとてつもない危険がひそむことを、このときはまだ知らずにいた。

6

歌手と陰謀

標準暦で五年後、サラアム・シインは合図を受けた。おそらく自分は、この事件がなにを意味するかを、そして、いまここで戦争崇拝すべてに対する脅威が生じたことを明確に知る、マルダカアンで唯一のオファラーだろう。

それは、テレビの特別番組ではじまった。番組は、シオム・ソム銀河全体とエスタルトゥのほかの十一銀河の一部で放映される。校長は、もっとも優秀な生徒たちとともに、ナムビク・アラ・ワダの当時の施設内における最大の映像スクリーン壁の前にすわっていた。すでにナムビク・アラ・ワダは、マルダカアンの全声楽学校のなかでも最大の敷地面積を占めるようになっていた……最近の生命ゲームにおいて、つねに音頭をとってきた結果だ。

「よく見るがいい!」サラアム・シインが歌うように告げた。「これから、われわれに関わる話が……」

かれらは、もとヴィーロ宙航士のロワ・ダントンとロナルド・テケナーが、トロヴェヌール銀河のオルフェウス迷宮から自力で脱出したことを称えられ、〝シオム・ソム銀河の自由人〟という称号を授かったことを知っていた。これは、テラナーふたりにとり、大きな名誉……おそらく、とほうもない権力を持つ地位だろう。

「それが、われわれとどのような関係があるのです？」生徒のひとりが訊いた。

「ま、注意して見ていたまえ。そうすれば、わかるだろう！」

オファラーたちは息をのみ、あまり知られていない種族出身のニュースキャスターの言葉に耳をかたむけた。テケナーとダントンが忠誠心の証《あかし》として、次の生命ゲームを主宰するらしい。それは、いまだかつて開催されたことのないような輝かしいイベントになるはずだ。ところが、サラアム・シインさえ冷静ではいられなくなるような告知がつづいた。

「信頼のおける情報筋によれば、今回の生命ゲームは、いつものマルダカアンではなく……」キャスターはそこで意味ありげな間をとった。「シオム星系で開催されるとのことです！　この変更は、きわめて重要な一度かぎりのもの。シオム・ソム銀河中枢部、巨大凪ゾーンの中心では、全エスタルトゥの目がゲームに注がれるでしょう。真に歴史的瞬間が……」

ここで、サラアム・シインはニュース番組がうつるスクリーンのスイッチを切った。

もっとも重要なことはすでにわかったし、これに興味をいだいた者は、つづきを録画装置からいつでも呼びだすことができる。

「わたしがこの生命ゲームの重要性をことさら強調する必要はないと思うが。ナムビク・アラ・ワダは、合唱コンクールに勝たなければならない」

だれもが、そこで音頭をとることが大きな名誉だと知っていた。とはいえ、サラアム・シインだけは、さらにべつの思いをいだいている。この数カ月間、ナムビク・アラ・ワダにおいて、あらたな歌唱法を確立する機会に充分恵まれてきた。わが校の合唱団が歌うどの音色にも、死の歌から編みだした、例の繊細なニュアンスがちりばめられている。ただそれは、シオム星系においてはもはや無害なものではなくなるだろう……そこは、マルダカアンあるいはオファラーの星間帝国の一惑星ではない……〝巨大凪ゾーン〟であり、〝王の門〟が存在するソム人の故郷惑星だ。

「サラアム・シイン！」

名歌手は、ほとんど跳びあがりそうになった。

「サラアム・シイン！　べつの番組です！　こんどは、法典守護者グラウクムからの発信で、マルダカアンの声楽学校すべてに宛てたものです」

なぜ、この惑星の法典守護者も語る気になったのか、想像がつく。なんといっても、テラナーのダントンとテケナーは、こんどの生命ゲームの舞台をシオム星系にうつすことにしたわけだから。これには、多くのオファラーが憤慨するだろう。それに対し、先手を打っておくことが重要だ。法典守護者もそう考えたにちがいない。

サラアム・シインは、ふたたびスクリーン壁のスイッチをいれるよう、生徒にたのんだ。この瞬間、赤く輝く卵形頭部が出現。グラウクムは、今回は虹色に輝く帽子をかぶっていた。そのほかの身なりも風変わりで、けばけばしい色だ。この点では、大半のオファラーとなんら変わらない。それでも、この男がマルダカアンの最高権力者の地位にまでのぼりつめたのは、サラアム・シインが知るかぎり、けっして偶然の産物ではない。グラウクムは、ウパニシャド学校のパニシュ・パニシャ、〝師のなかの師〟と名乗ることを許された数すくない上級修了者のひとりだ。イジャルコルから高く評価されていた。

「とりわけ、きみたち、歌の師に話しておきたい」グラウクムがパイプオルガンのような声で話しはじめた。テレビ中継では、声からそのプシオン・インパルスはもちろん聞きとれない。「次の生命ゲームは、シオム星系で開催される。凪ゾーンのなか、シオム・ソム銀河の紋章の門の領域で。それゆえ、不満の声があがらないようにしてもらいたい。名誉についてよく考えるのだ、歌の師よ。そして、きたる合唱コンクールにおいてベストをつくせ。今回は、オファルの合唱団の歌がなにを成し遂げたか、全エスタルトゥの知るところとなるだろう！」

大口をたたいたものだ。サラアム・シインは内心思った。多くの歌の師たちがそれでもひどく不平を漏らすだろう。そうなれば、マルダカアン四千年の歴史上、いまだかつて見られなかったようなコンクールとなるにちがいない。

「サラアム・シイン！」

顔をあげて気づく。グラウクムの映像はとうに消えていた。そのかわりに、生徒たちが立ちあがり、こちらをじっと見つめている。まるで最善策を期待するかのように。

「思うに、どこで生命ゲームが開催されようと大差ないだろう」サラアム・シインは、なにも気づかせることなく、嘘をついた。「重要なのはただ、われわれがそのさい音頭をとることだ！　シオム星系における出来ごとは、エスタルトゥじゅうで注目されるだろう……その点では、完全にグラウクムのいうとおりだ。ナムビク・アラ・ワダがそのための必要条件を満たせるようにしよう！」

「ふたたび、カレング・プロオと問題が起きるかもしれません……」

「それどころか、確実だな」校長は、鎮静効果のある和音を声にこめて答えた。「それでも、いつものように勝つまでだ！　それを疑ってはならない！」

それでも、内心恐れていた。今回はいつものようにはいかないかもしれない。

＊

実際、数週間後には不満の波がおさまった！　次回の生命ゲームは、一度かぎりの例外としてマルダカアンではない場所で開催される。だれもがこれを受け入れた。サラアム・シインが驚いたことに、多くのオファラーの歌手はもう、これに付随するとてつもない名誉のことしか眼中にないようだ。ロナルド・テケナーとロワ・ダントンは、効果的広報活動を展開し……その結果、目前に迫る生命ゲームの参加者全員が、現況を考慮すれば、目下の解決策が最善だという暗示にかかった。

サラアム・シインは、情報ノード経由でさらに詳細を知った。ダントンとテケナーは、ひたすら〝計画〟にそって活動している。ふたりは、サラアム・シインと、生命ゲームにおいて暗示的背景を提供するオファラーの歌手百三十万名に必要な理想的環境を用意するだろう。

やがて、そのときが訪れた。予選がはじまったのだ。ほぼ五百校が申請したものの、実際に勝つ見こみがあるのはほんのひと握りのみ。サラアム・シインひきいるナムビク・アラ・ワダと、カレング・プロオひきいるベルク・ナムタルは、例年のごとくこれに属する。

もちろん、マルダカアンの法典守護者グラウクムならば、コンクールの勝者をはじめから命令により決定できるだろう。だが実際は、すでに長いあいだそうしてこなかった。声楽学校におけるコンクールの歴史は、生命ゲームそのものと同じくらい古い。そして、どのような種類の争いも、エスタルトゥの教えにおいて必要とされるもの。さもなければば、サラアム・シインに勝算はとうていなかっただろう……ナムバク・シワから編みだした歌のニュアンスは完全によぶんな添え物とみなされて。メンバーの多くがオファラーの星間帝国領域出身である、サラアム・シインの学校においてのみ、これはちがうように見られていた。そこでは、芸術的歌唱法は許されるだけでなく、しばしば、ひそかにもとめられていたからだ。

ナムビク・アラ・ワダの初戦の対戦相手は、抽選によって決まった。

それは、生徒三百名の比較的小規模な学校だった。予選前日の晩、サラアム・シインはナムビク・アラ・ワダの大講堂に生徒を呼びよせた。今年の生命ゲームの重要性をいま一度はっきり認識させるためだ。ここにつどう四千名のオファラーのうち、実際に参加できるのは、一試合につき千名のみだが。

「諸君、全員が集まってくれたことに感謝する！」校長は拡声器にたよらず、歌うように告げた。その声は、なんなく大講堂のすみずみまで響く。「規則により、ここにいる全員を出演させることはできない。とはいえ、この学校の生徒それぞれがつねに出場可能な状態にあることで、ナムビク・アラ・ワダの成功に貢献している。知ってのとおり、今年もふたたび生命ゲームにおいて、われわれは音頭をとるつもりだ。そこには総勢百三十万名の歌手が集結する。そして、その全員が、ナムビク・アラ・ワダの音頭にしたがい、歌うことになる。遅くともそこからが、われわれ全員の出番だ。

だから、くれぐれも自分がよけい者だという誤った考えにとらわれないように。そして、油断するなかれ。勝者の名誉は、とてつもないものとなるだろう……それを狙うのは、われわれだけではない。ライバルがたくらむ陰謀にも用心してもらいたい。こんどの合唱コンクールでは、容赦もフェアプレイもないだろう」

校長はわずかな間を置くと、出席者に視線をさまよわせた。サラアム・シインは、多くの生徒たちを当然ながら誇りに思っている。それでも、カレング・プロオとほかの歌の師たちがそのスパイをすでにもぐりこませていることは、まずまちがいない。

「明朝、コンクール本番がはじまったら、また会おう」校長は最後にほとんど暗示圧力をこめずに、生徒たちに向かって告げた。「では、会場で！」

＊

そのときが訪れた。ナムビク・アラ・ワダの歌手およそ四千名のうち一名も欠けることはない。一試合につき参加が許されるのは千名のみ……それでも、のこりのメンバーは観客席から試合のなりゆきを見守ることが可能だ。

第一試合の舞台自体は、直径二百メートルほどの円形広場だった。その周囲を満員の観客席がとりかこむ。そこには、ナムビク・アラ・ワダの、この日の試合に参加しない歌手三千名だけでなく、対戦校の関係者数名がいた。そのほか、どちらにも属さない観客が千名以上。かれらはただ、第一関門を目の前にした優勝候補を見にきただけだろう。

サラアム・シインは、なにげなく気づいた。舞台自体がほのかに光る吸音エネルギー・フィールドにかこまれている。これにより、音響妨害やプシオン妨害が観客席から下に向かって押しよせることはない。真っ赤なラインが、舞台を二分割していた。一方には、対戦校の歌手が分散して立つ。他方には、ナムビク・アラ・ワダの生徒がひしめきあう。合唱コンクールがグランド・ファイナルすなわち決勝戦に近づくにつれて、より広い舞台が用意されるだろう。

とはいえ、ぜんぶで九試合あるうちのこの第一試合では、かぎられたせまい空間に甘んじなければならない。サラアム・シインはこれについて、とりたてて不満はなかった。生徒たちが困難な課題にとりくむようすをごく近くで見られるから。かれら全員で、音響とプシオニックの調整をつねに念頭に置かなければならない……さもなければ、初戦の対戦相手に、決勝戦のはるか手前でレースからほうりだされるだろう。

優勝校は、ノックアウト方式にもとづき決定する。試合は二日おきに開催された。まず二校の出場者は、舞台エリアでたがいに向きあって立つ。試合後、名歌手によって構成される中立の審査委員会が勝者を決めるのだ。それを助けるのは、測定装置一式である。プシオン効果量を測定する装置。ほんのわずかな不協和音をも逃さない音響装置。おまけに、サラアム・シインがいまだにその作動方法を理解できないハイブリッド装置もある。

それでも、実際に判定をくだすのは審査委員であることを、校長は知っていた。これでは、誤審と欺瞞《ぎまん》を招くのは必然的だろう。まだ新米歌手だったとき、そう考えたものだ。だが、実際は真逆だった。審査委員はすでにコンクールの数週間前から、マルダカアンにおいてもっとも厳重に守られた最高給のオファラーとなる。唯一、審査に介入できるのは法典守護者グラウクムだけだ。いずれにせよ、パニシュ・パニシャには命令により勝者を決定する権利がある。

「所定の位置につきなさい！」サラアム・シインが、可能なかぎり大声で呼びかけた。

「まもなくはじまるぞ！」

舞台中央の両校出演者のあいだに、すでに審査委員七名全員が集まっている。技術者は一時間前、飛行プレートに測定装置を積みこみ、最後の機能テストを終えると、これを三十メートル上空で〝駐機〟させていた。

サラアム・シインは気づいた。生徒数名が興奮しすぎて、まだ所定の位置が見つからないようだ。極度の緊張状態なのだろう。はじめてコンクールを迎える生徒は、いつもそうなる。パニックになる理由などないのだが……

「さ、急ぐのだ！」それでも校長は叫んだ。

審査委員長が警告するように、サラアム・シインをちらっと横目で見る。小規模な対戦校の生徒は、すでに三十秒前に全員が所定の位置についていた……とはいえ、あちらはわずか三百名。それに対し、ナムビク・アラ・ワダは出演者千名がせまい空間にひしめく。

ようやく、歌手全員が所定の位置についた。

サラアム・シインは、審査委員に準備がととのったことを合図で知らせた。これで、ようやく演奏順を決めることができる。いささか冷静さをとりもどし、最後に生徒たちを一瞥すると、対戦校の歌の師の向かい側の指定位置についた。

知らないオファラーだ。非常に長身で、ほぼダークレッド一色に全身をつつんでいる。ただわかるのは、相手が昔、平凡な合唱曲を披露していただろうということ。その後、声楽学校を設立し、お決まりのように、自分に忠誠を誓う少数の門下生を周囲に集めたわけだ。だが、それでは勝てないだろう。サラアム・シインは、ほぼそう確信している。必然的に、相手のレパートリーはごくかぎられたものとなり、その生徒の調整能力はほとんど未熟なはずだ。

「ふたりのどちらかに不服があれば」審査委員長がきっぱりとした口調で歌うように告げた。「申し立てるように。なければ、演奏順を決めたあと、試合を開始します」

サラアム・シインも対戦校の歌の師も、ジェスチャーで同意をしめす。

審査委員長が、古めかしいコインを手にとった。ひょっとしたら、数千年前は日常的に使われていたものかもしれない。コインの表裏が対戦する両校にそれぞれ割りあてられた。つづいて、審査委員長が空高くコインをほうり投げる。コインは、かすかな音をたてながらコンクリート地面に落下し、数回ほど円を描くと、ようやくとまった。

「あなたに選択権があります、サラアム・シイン。どちらが先にはじめますか？」

長く考える必要はない。まさにこの第一試合は、最初の曲を歌い終えることができれば、わが校が有利だ。さもなければ、プシオン圧がますます高まるだろう。ミスが起きるかもしれない……たいていは回避できるミスだが。手はじめとして、生徒のだれにとっても荷が重すぎることのないプログラムを選んでおいたから。

「ナムビク・アラ・ワダからはじめます！」校長はそれゆえ、決断した。

「ふたりとも、席にもどってください。これ以上、時間を浪費したくありませんから」

審査委員長はそう告げると、ほかの六名のもとにもどっていく。審査委員は印のついたせまい長方形内に勢ぞろいすると、測定装置のスイッチをいれた。

サラアム・シインは、深呼吸した。ためしに、環状発話膜からちいさな和音を出してみる……なにも問題ない。徐々に和音を聞きとれるくらいの音量までふくらませ、これに無指向性の暗示圧力をくわえると、生徒たちに出だしの合図を送った。

さらに大きく。校長は思った。もっと大きく！　とはいえ、もう自分にはなにもできない。いま、自分にあるのは、生徒たちが準備万端だという確信だけだ。ほとんど気づかないくらいの不安な一瞬がすぎ、すばらしく調和した、芯のある音の連なりが響きはじめた。それでも、サラアム・シインは、のこる不安を払拭《ふっしょく》できない。うまくいかないはずがあろうか？　これまでほぼ毎回、成功してきた。きょうにかぎってうまくいかないわけがない。この不安が合理的根拠のないものだと、わかっていた。

それでも、不吉な予感が消えない……

いらいらしてかぶりを振ると、生徒たちのまだ無指向性の歌をゆっくりと、望む方向に向けることに完全に神経を集中させた。何度も触腕二本を振り、出だしの合図を送る。すると、そのたびに、あらたなグループが参入し、音響とプシオン性の音の絨毯にあらたなニュアンスをくわえて豊かにする。その目的は、想像上の未知のグループからすべての意志を奪うことにある。たとえば、生命ゲームのような非常事態においては、人工空間はあとから、まったく思いどおりに満たすことが可能だ。こうして、オファラーたちが舞台を提供する幻想世界が生じる。もっとも、きょうは惑星づくり考案者は不在だ。ひたすら、潜在能力をしめすことが重要になる。

もっと大きく！　サラアム・シインは考えた。さらに大きく歌わなければ！　まさに期待どおりの効果があらわれた。全生徒が校長の思考をとらえ、歌の音響だけでなくプシオン強度を高めていく。とうとう、例の効果が増しはじめた。審査委員たちは注目するはずだ。サラアム・シインは、測定装置の表示を横目でちらりと見た。ほとんど変化はない。だが、それでいい……オファラーの聴覚は、これまでもたびたび技術装置を凌駕してきたもの。

最後の音とともに、ナムビク・アラ・ワダの歌がやんだ。

サラアム・シインは満足げに審査委員に目をやり、生徒たちを見まわした。生き生きとしている。緊張もほぐれたようだ。つづいて、対戦相手に向きなおり、

「次は、きみたちの番だ！」と、誇らしげに叫んだ。

サラアム・シインはほとんど確信していた。ナムビク・アラ・ワダが勝つだろう。

＊

夕方ごろ、校長はまちがっていなかったと判明する。審査委員は満場一致で、サラアム・シインひきいるナムビク・アラ・ワダを勝者に選んだ。あとは最終確認として、測定値の分析結果を待つだけだ。

「サラアム・シイン！」最年少の生徒が興奮して叫んだ。「結果が出たようです！審査委員がきます！」

両校の関係者全員が、公式発表のためにコンクール会場に集まった。サラアム・シインは、周囲をつつむ緊張をほとんどからだで感じた。その緊張感がいま、ここにいるオファラーのほとんどを黙らせている。実際、それは不可解だった……結果はほぼ確定し

ているのだから……とはいえ、驚愕の結果となった前例もある。対戦相手に望みはまったくない。それでも、サラアム・シインの生徒たちは、同じく非合理的理由から息をこらしていた。

審査委員長が、目の前で人混みのなかに出現したせまい通廊を歩いてくる。舞台中央まで進み、立ちどまると、大声をはりあげて歌うように告げた。「この予選の勝者を、われわれ、なにものにも左右されることのない審査委員会は、エスタルトゥの教えにもとづき、誠心誠意ここに宣言します。ナムビク・アラ・ワダ！　これは公式決定であり、くつがえすことはできません」

サラアム・シインは、安堵の息をついた。生徒のあいだから、ひかえめな歓声があがる。だれもが知っていた。次の試合が待っている。ひょっとしたら、次の対戦相手は今回よりも手強《てごわ》いかもしれない。

なにごともなく、かれらは宿舎にもどった。すくなくとも二日間の休みを、コンクール主催者はあたえなければならないことになっている。生徒たちはこの時間を有効活用するだろう。サラアム・シインはすでに頭のなかで、さらに磨きをかけておきたい細部の準備にとりかかった。この初戦の勝利により、生徒たちの吸収力はさらに高まるだろう……すくなくとも、経験がそうしめしている。だれもが極度の緊張から解放され、期待に胸をふくらませているようだ。生徒たちは、その価値を正確に知っている。なぜなら、ナムビク・アラ・ワダの多くのメンバーがすでに前回のグランド・ファイナルを経験していたから。

「よく眠るのだ！」サラアム・シインは、夜の帳が下りる前に出会ったあらゆる生徒にそう告げた。「あしたはあしたの風が吹く。そうなれば、きみたちのもてるすべての集中力が必要となるだろう」

生徒たちは実際、二日間でこれまで二週間かかっていたよりもさらに多くの成果をあげた。そして次の対戦相手が抽選で決まり……勝利したのだ。サラアム・シインは驚いた。いまや、すべてが順調だ。にもかかわらず、何度も忍びより、警告しようとする不吉な予感をおさえきれない。過信は禁物《きんもつ》だ。そうとでも、いいたいようだ。用心しろ！と。

それでも、なにも起こらなかった。三週後、のこったのはたった十六校のみ。規則にしたがい、準々決勝のここからは対戦方法がわずかに変更される。つまり、暗示効果の度あいをしめす曲にくわえ、内容的に限定された歌を演奏することになる。それゆえ、二日にわたって歌われるのだ。二日めの課題はせまい範囲に限定された。永遠の戦士のおこない、エスタルトゥの奇蹟、恒久的葛藤の教えから選ぶことができる。特別な単独テーマとして、名誉、戦い、服従も選択可能だが、それを超えると、即時の出場資格剝奪となるわけだ。

最近、サラアム・シインは、星間を放浪する吟遊詩人だったあのころにもどりたいと、ときおり思うようになった。若い才能の出現に目を光らせ、夜は、次の渡航費を稼ぐ……いまとなっては、それらすべてはもう夢物語だ。唯一のほんものの息ぬきとしてのこったのは、定期的に実行するプシオン・ネットを介してのジャンプだけ。目的地は、たいてい《ハーモニー》だった。このネットウォーカー船はいまもなお、近隣恒星のコロナのなかに停めてある。これまで、一度も船を動かす必要はなかった。ひょっとしたら、今後もその必要はまったくないかもしれない。というのも、最後に惑星サバルを訪れて以来、携わってきた計画は、すぐれた技術ではなく、知性と策略にもとづくものだったから。

情報ノードは、ときおり、サラアム・シインにあらたなニュースをもたらす。こうして知りえたのは、たとえば、ロットラーという名のエルファード人の関与がこの〝計画〟の成就には不可欠だということ。自分にとっては、ネットウォーカーが覚悟すべき不可解なことがあまりにも多すぎる。それでも、シオム・ソム銀河の〝巨大凪ゾーン〟において、すくなくともオファラー百三十万名がかれらの役割をはたせるなら、なんでもするつもりだ。

準々決勝では、マルダカアンでもっとも有名な声楽学校のひとつと対戦した。一日めは、たしかにナムビク・アラ・ワダに有利だったものの、結果は、考えうるかぎりきわどいもので、サラアム・シインは文字どおり、ソファに倒れこみ、翌朝までひたすら眠りつづけたいと、切望したもの。

念のため、部屋の前の〝起こさないでください!〟表示を点灯させておいた。

それでも真夜中直前、ブザー音で最初の眠りから引きはなされた。モニターが自動的に一オファラーの姿をうつしだす。最近、サラアム・シインがナムビク・アラ・ワダに受け入れた者だ。たしかに、すぐれた歌手だが、怪しい噂もあった。

「はいりなさい」校長は歌うように告げる。扉の開閉装置が作動し、サラアム・シインは闖入者《ちんにゅうしゃ》を迷惑そうに見つめた。

「なにか用かね?」校長は、暗示圧力を声にこめずに、訊いた。「あすが試合二日めだということをわかっていないのか? わたし同様に、きみもよく眠らないと……」

「お許しを、サラアム・シイン。わたしの名前は、コデン・フリーです」

「知っているとも。きみは、最近ナムビク・アラ・ワダにきたばかりだね」

相手は顔をゆがめ、オファラーの微笑にあたるものを浮かべた。「そのとおりです。そして、あなたの睡眠のじゃまをするのは、もっともな理由があってのこと。わたしが、最近ナムビク・アラ・ワダにくわわったのと間接的に関係があります。わたしにはコネが、非常にいいコネがあって……あなたにはまだスパイさえいない場所に、サラアム・シイン」

「つづけてくれ！」サラアム・シインが腹立たしげにいった。コデン・フリーは真実を話しているが、たったいま、マルダカアンの声楽学校の不文律に抵触したのだ。

「わたしのコネクションのひとつは、ベルク・ナムタルにいたります」

サラアム・シインはぎょっとして跳びあがった。「カレング・プロオ……かれがどうかしたのか？」

「詳細はまだわかりませんが、カレング・プロオがあなたを破滅させる計画をたてていると聞きました。ふつうの陰謀をはるかに超える攻撃を」

「というと？」サラアム・シインが迫った。「きみは情報を高く売るつもりか？」

コデン・フリーは憤慨したようすだが、サラアム・シインは、それがただの見せかけだとわかった。もっとも、仮面の下までは見ぬけない。「わたしは、ナムビク・アラ・ワダの忠実な仲間です！　信じてください、サラアム・シイン。なんといっても、あなたに警告しようとしているのですから」

「ならば、いいかげんにくわしく話したらどうだ」

「それは無理というもの。わたし自身がまだ詳細をなにも知らないのですから。ですが、あと数日もすれば、わたしの情報提供者がふたたび連絡してくるでしょう。そうしたら、わたしのために時間をとってください」

サラアム・シインはしばらく考えた。カレング・プロオ……知っていたとも。両者は前回同様にグランド・ファイナルで対決するはず。だが、今回はこれまでよりもきびしい戦いとなるだろう。ひょっとしたら、コデン・フリーの話は、実際に重要なヒントとなるかもしれない……いずれにせよ、それについて感謝することになるだろう。

「いいだろう、コデン・フリー」それゆえ、歌うようにこう告げた。「いつでも、連絡をくれてかまわない。きみのいうことが正しければ、ナムビク・アラ・ワダはきみにきっと感謝するにちがいない」

コデン・フリーは、ふたたび笑みを浮かべると、なにもいわずにサラアム・シインの部屋を出ていった。一時間以上経過したあと、ネットウォーカーはようやく、おちつかない眠りに落ちた。またもやカレング・プロオだ。そして、ふたたび感じた。自分自身の一部が恐怖に身をすくませるのを。

7

勝者と敗者

　翌日、かれらはあやうく負けるところだった。

　サラアム・シインは自制を失い、投げやりになってしまった。まるで、カレング・プロオの陰謀の話を聞いただけで、精神バランスを完全に失ったかのごとく。校長はミスをおかし、ナムビク・アラ・ワダがかろうじて勝ったのは、ひたすら日ごろの卓越した訓練の賜物《たまもの》といえる。

　その晩、校長はベッドにもどることができて、ふたたびほっとした。二日間の休息……自分には緊急に必要なものだ。サラアム・シインはそう思った。自分は生徒たちよりも、むしろネットウォーカーに縛られているのか？　きょうのような悲惨な試合は、もう二度と許されない。きたる生命ゲームにおいてナムビク・アラ・ワダが音頭をとることに、あまりに多くがかかっているのだ。

　休息を計画的に利用し、準決勝が訪れたときには、能力が安定していた。カレング・

プロオの声楽学校も同時に勝ち進むはず……その対戦相手は、コンクールのダークホースと目されていた。それでも、サラアム・シインは確信している。決勝で戦うのは、今回もベルク・ナムタルとナムビク・アラ・ワダにちがいない。

そして、それが正しいと判明する。準決勝が終わり、優勝候補の二校とも勝利をおさめたのだ。すでに二、三度、〝シオム・ソム銀河の自由人〟ロナルド・テケナーとロワ・ダントンがようすを見にきた。それでも、こちらからふたりには連絡をとることはない。テラナー二名は、いずれにせよ、正確にサラアム・シインの役割を知らされているだろう。それは、当然ながらほかのネットウォーカーの任務だ。

サラアム・シインは決勝戦前日、ふたたび精神バランスを失った。それでも今回はぬかりない。なんらかの陰謀がさし迫っているとわかっていたから。

扉のブザーが、笛を吹くような異様な音をたてた。

「開けてくれ！」サラアム・シインが開閉装置に告げる。そして、訪問者に向かっていった。「はいりたまえ、コデン・フリー。情報を入手したのか？」

「入手しました……驚かれると思いますが、サラアム・シイン……」

校長は、疑うように相手を見つめた。コデン・フリーはほとんど目だたない服を身につけている……妙に謎めいた感じがする。なにか、ひっかかるのだ。

「話してくれ、コデン・フリー！」

相手は、衣服の唯一のプリーツからグレイの封筒を引き抜き、フォリオ二枚をとりだした。一枚めは、舞台エリアのただの図面だが、二十個以上の丸印がついている。二枚めは、どうやら技術マニュアルのようだ。

「これはなんだ？」サラアム・シインが不安に駆られて訊いた。「その丸印がなんの役にたつというのか？」当初、二枚めのフォリオにはあまりに関心が持てなかった。というのも、技術やそのたぐいについてはほとんどわからないから。専門分野は音響学とプシオニックであり、そのほかのことは、コンピュータあるいは助手につねに任せきりだった。

「これらの〝点〟が、カレング・プロオの計画における実際の核を形成します。つまり、かれは舞台エリアに自由に出入りできるということ……その代償がいくらなのかは、〝偉大なる合唱団〟のみぞ知るところ。ひょっとしたら、全財産にくわえ、いくつかの命を……ですが、それはまったくどうでもいい。これは見取り図です。丸印の個所すべてに、プシオン妨害シグナル発信機が存在します」コデン・フリーは、校長をからかうように横目で見た。「そして、こちらが、サラアム・シイン、それについての技術的解説です。非常に興味深いものでして……」

「なにが書かれているのか？」サラアム・シインは、疑わしげな、ほとんど驚嘆の響きをこめて訊いた。突然、注意がコデン・フリーからそれ、完全に見取り図に注がれる。

「ここには、到達範囲、作動プロセスなど詳細について書かれています。要するに、どの妨害シグナル発信機も数メートルまでしかとどかない。それでも、あなたの生徒たちを決定的瞬間に混乱させるには充分です。そうなれば、勝利はベルク・ナムタルのもの」

「だが、見たまえ……発信機はいたるところに埋められている。舞台エリア全体に！かれの生徒たちも、われわれ同様に排除されるだろう！」

コデン・フリーは、赤く輝く卵形の顔をゆがめ、かろうじて笑みのようなものを浮かべた。「それゆえ、技術仕様書を手にいれたわけです。それによれば、すべての妨害シグナル発信機は、通信命令によって作動する。カレング・プロオが、どちら側で歌わなければならないのかを知ったらすぐに、そこではプシオン妨害インパルスが放出されないというしくみです」

サラアム・シインはようやくわかった……計画は巧みに仕組まれている。とはいえ、法典守護者グラウクムと審査委員たちは、誤った結果を無効にするだろう。ナムビク・アラ・ワダからコンクール妨害についての苦情を受けたらただちに。

「わかっていませんね、サラアム・シイン」コデン・フリーがすかさず説明した。「もちろん、送信機には融解電荷が組みこまれています。だれかが装置を掘りだしたところで、そこにのこるのは燃え殻の山だけ。あなただって、同じことをするなら、きちんと保険をかけておくはずです。その結果、マルダカアンの審査委員はだれもとりあわないでしょう」

「きみのいうとおりだ。心から感謝する、コデン・フリー。いま、わたしにはきみの情報源をたずねる時間さえない。決勝戦が終わったら、きみの報酬について話そう」

「まさに願ったりかなったりです」

相手はふたたび、つかみどころのない表情を浮かべた。サラアム・シインにはわからない。なぜ、これほどの不安をおぼえるのか。だが、いまはそれを気にかけている場合ではない。

「では、またあす会おう、コデン・フリー」

つづいて、法典守護者グラウクムに急いで連絡をとった。映像スクリーンの前には、フォリオ二枚が見えるようにひろげてある。サラアム・シインは気づいた。この瞬間はじめて、長年にわたりいだいてきた、カレング・プロオに対する恐れが消えたのだ。高名なライバルが、いまや敗者と化した。ひそかにそう思った。今後は、公平なコンクールにおいて、ナムビク・アラ・ワダが優位をたもつことだけを考えればいい。

＊

まだその晩のうちに事態は動いた。グラウクムのみならず、サラアム・シインもカレング・プロオも同席したのだ。実際、すべての妨害インパルス発信機が、図面に書きしるされたとおりの場所で見つかった。法典守護者は茫然自失状態のようだ。妨害インパルス発信機が、名誉の戒律にどれほど抵触するものであるか、何度もくりかえし、強調していう。それでもサラアム・シインは、思わずかっとなりライバルをとがめるようなことはなかった。カレング・プロオのしわざだという証拠は、まず見つからないだろう……それは、はじめからわかりきったこと。

ついに、グラウクムがサラアム・シインを手招きした。

「わたしはきみのことをよく知っている」パニシュ・パニシャが歌うようにいう。「そして、きみにはかくれた情報提供者がいるはずだ。名前を教えてくれ!」

「まず、〝かれ〟をはなれたところへ!」サラアム・シインはそういいながら、カレング・プロオをさししめした。ライバルは、こちらを憎悪に満ちた目でにらんでいる。

「その名が、かれの聴覚器官房に聞こえてしまってはまずいので」

グラウクムは、カレング・プロオに目くばせした。すると、ちびオファラーは話が聞こえないところまで遠ざかり、もはや好奇心旺盛にこちらを見つめるばかりだ。

「これで、どうだ?」

「先日、わが校にきたばかりの歌手で、名前はコデン・フリーといいます」

「その者を事情聴取させなければ。この件は誠にけしからん。これではナムビク・アラ

・ワダの名誉を傷つけることになるが、ほかに手だてがないのだ」
「あなたのやりかたはもっともで、正当なものです、グラウクム」

二時間後、興奮した護衛部隊が法典守護者の前にとおされた。報告によれば、捜索対象者は跡形もなく消え、探しだせないという。

「ひょっとしたら、偶然見つからなかっただけかもしれない」グラウクムがもっとも低い声で歌うようにいった。そして、無意識のうちにティンパニーの響きのような怒りの声をあげる。「とはいえ、かれの事情聴取は非常に重要だったはず……ま、よかろう。わかるな。この不運はきみの名声を傷つけることになる、サラアム・シイン。あすがいい決勝戦になると期待しよう」

「はい」サラアム・シインが歌うように応じた。「わたしもそう望んでいます」

偶然のように、カレング・プロオと目があった。サラアム・シインは、対戦相手の策略を打ち砕いたことを、ほとんど後悔しはじめていた。

＊

翌朝、マルダカアンじゅうから十五万有余のオファラーが大円形劇場に押しよせた。だれもが、ベルク・ナムタル対サラアム・シインひきいるナムビク・アラ・ワダの決勝戦に立ち会いたかったのだ。さらにその三倍の数の希望者が入場を許されなかった。片側極性のエネルギーバリアは、たしかに音響インパルスとプシオン・インパルスを観客席まで到達させるが、その逆は〝密〟になる。ひっそりとしているように思えた観衆が、サラアム・シインの視覚器官房には、驚くほど超現実的な映像となってうつしだされていた。

サラアム・シインは、円形劇場の、ほとんど二十メートルもはなれていない向こう側にいるベルク・ナムタルのメンバーを見つめた。カレング・プロオにひきいられ、すでに所定の位置についている。自分の生徒たちもまもなく準備がととのうだろう……サラアム・シインは横目ですばやくそれを確認した。ほんのつかのま、カレング・プロオと目があった。ところが、その目には落胆ではなく、べつのなにかが浮かんでいる。それがなにを意味するかはわからない。だが、それはどうでもいいこと……陰謀は吹きとんだのだ。公平なコンクールにおいては、ナムビク・アラ・ワダがベルク・ナムタルよりもすぐれていることがふたたび証明されるだろう。

「歌の師両名とも、こちらへ！」審査委員長が呼びかけた。グランド・ファイナルの審査委員は、マルダカアンのもっとも経験豊富な歌手によって構成されている。

サラアム・シインとカレング・プロオはともに、舞台中央の印のついたゾーンに到達した。

「抽選の時間です」委員長はオファァラーだ。グリーンに輝くエポレットが環状発話膜をとりかこむ。委員長は歌の師それぞれにコインの表裏どちらかを割りあてると、それを空中にほうり投げた。目の前の地面に落下するのを待ってから、

「カレング・プロオが順番を決めてください」と、歌うように告げる。

ベルク・ナムタルの校長は、長く考えることなく告げた。「われわれからだ。そして、われわれが勝つ！」指向性マイクロフォンのシステムが、ほとんど調整されていないその声を観客席の最後列までとどける。

サラアム・シインは感じた。防御バリアが存在するにもかかわらず、観衆の興奮がゆっくりと押しよせてくる。突然、鼓動がはやまり、発話膜が待ちきれずにうずきはじめた。いよいよだ！　ようやくいま、決勝戦がはじまる。自分をおちつかせようとするかのごとく、センサーの束がついた触腕十二本のうち四本で、かさぶた様の皮膚の赤く輝く胴体をなでた。きょうは、ネット・コンビネーションを着用していない。ここ数年で着用しなかったのは、わずか数日だけだ。

なんと幸運なことか。カレング・プロオの陰謀はいまや無害化され、失敗に終わるだろう。さもなければ……

「正しいのはだれか、見てみよう！」サラアム・シインは、生徒たちのところまでやってくると、自信たっぷりに告げた。「われわれのチャンスは、ベルク・ナムタルのあとにやってくる。それもまた、利点といえよう！」

審査委員長はすでに、ほかの審査委員六名に近い自分の席にもどっていた。技術者二名が規定どおり、測定装置を乗せた、上空に浮かぶ飛行プレートを作動させる。場合によっては、これが勝者を決定するさいの判断に役だつかもしれない。

サラアム・シインは、カレング・プロオが深呼吸するようすを見つめた。その環状発話膜からは、まだなにも聞こえない。やがて、複雑な旋律がしずかに響きだす。ベルク・ナムタルの歌の師が、触腕二本で生徒たちに出だしの合図を送った……すると、旋律が暗示圧力に満ちたカノンに変わる。音楽作品においては、ますます頻繁にあらたな細分化が生じていた。サラアム・シインにはわかる。カレング・プロオとベルク・ナムタルの合唱団は、完全にあらたな半音階歌曲をはじめて投入したのだ。プシオン能力に恵まれていない者は、すでに最初の数音で自分の意思を失うだろう。

とはいえ、そこには鍛えぬかれた耳のみが気づく、ちいさな欠陥があった……生じてはならない欠陥が。サラアム・シインは、その理由を考えた。音のひとつが、奇妙に付点のついた音符が、突然心につきささる。まるで、圧倒的力が音の内部に宿るかのごとく。いまだかつて経験したことのないたぐいのものだ。

以後、さらなる弾丸が自分のバリアを突破しないよう、注意をはらった。

〝失敗に終わった〟音符が、曲のなかで独自のハーモニーを形成する。突然、サラアム・シインはそう気づいた。これには悩んだ。理由がわからない。なぜカレング・プロオは、そもそも妨害インパルス発信機を使ったトリックをしかけてきたのか。この種のあらたなわざを意のままにできるというのに。ただ、ナムビク・アラ・ワダの合唱団に、勝利は確実だと油断させたかっただけなのか？

サラアム・シインが怒りのうなり声をあげた。その声は、対戦相手の暗示的歌にかき消される。突然、勝利の確信のすべてを失った。実際、われわれはベストをつくさなければならないだろう。この円形劇場においてはもはや、自分たちの歌の緻密さが、カレング・プロオの革新的効果を凌駕すると望むしかない。

最後に、奇妙に心につきささるカノンの効果がましていく。サラアム・シインは、プシオン・インパルスが自分に降りかかり、気分が悪くなるのを感じた。思わず、〝防御の歌〟を口ずさむ。そして、この瞬間、対戦校の歌は破滅をもたらす効果を失った。

最後の和音が鳴りやんだ。ベルク・ナムタルの合唱団のだれもが疲れきり、苦しそうに息を切らしながらそこに立っている。きっと、最高の出来だったにちがいない。

「次は、きみたちの番だ！」カレング・プロオが勝ち誇ったように叫んだ。

ライバルの落胆は吹きとばされたも同然だった。憎しみのかわりに、一瞬、あらわなあざけりの表情が浮かぶ。

サラアム・シインは、思わずテレスコープ状の頸を肩のあいだにひっこめた……防衛反応だ。どうしようもない。憤慨しながら急に振り向き、生徒たちを見つめた。「ナムビク・アラ・ワダの合唱団よ！　われわれが学んできたものを相手に見せてやろう！」

そう告げ、ハミング音をいくつか出すと、やがてそれは暗示効果の高い和音と化した。校長は、背後に立つ歌手千名を順々にくわわらせていく。真実の歌だ。あるいは、真実の歌に〝なるはずだった〟と、いうべきかもしれない。ところが実際は、支離滅裂な旋律の束にほかならなかった。精緻な同調が欠けている……それにより、カタストロフィを引き起こす恐れがあった。

サラアム・シインは思わず、しなやかな頸を最大限に伸ばし、背後の生徒たちを見つめた。ほとんど全員が、不健康でつやのないピンク色の顔をしている。どうすれば、こうなるのか？　あらゆる予防処置をとったにもかかわらず、食事に薬物を盛られたのか？　だとしたら、これがはじめてではないだろう……いや、サラアム・シインは突然、理解した。ベルク・ナムタルの新手の半音階歌曲のせいだ。それが、生徒たちをいまもなお、苦しめているのだろう。ほんの二分前まで、校長自身が戦わなければならなかったものだ。方向感覚を失わせ、吐き気をもよおさせる作用に、自分もほとんど屈服するところだった。ましてや、そのほとんどが防御の歌を習得していない生徒たちは、いま、どのような状況にあるというのか！

音量を下げるよう、生徒たちに手で合図した。まず、数秒ほどようすを見ながら待つ。生徒のひとりでもふたりでもいいから、ふたたび投入可能になるといいのだが。ようやく、合唱団の一流オファラー歌手が立ちなおった。じっとがまんのこの恐ろしい瞬間を、まさに独唱で切りぬけてくれるだろう。

こうして、その者は一、二分間ほど大声をはりあげて歌いつづけ、とうとう発話膜が痛みだした。そこに、第二の歌声がくわわる。はじめはためらいがちだったが、すぐにかなりの暗示圧力がこめられた。サラアム・シインはほっとして、自分自身の声量をおさえる。あと数秒で、精緻な同調と緻密さのあらゆる感覚をあやうく失うところだった。第三の声がこれにくわわり、第四、第五というぐあいに増えていく……二分後、ナムビク・アラ・ワダはふたたび、すくなくとも基本プログラムの完遂が可能になるまで復活していた。

もちろん、上出来とまではいかないが。とはいえ、決勝戦第二日にすくなくともまだチャンスをつなぐことができた。予想外の出来ごとが起こらないかぎりは。どうして、それが起こりえようか？　カレング・プロオは、妨害インパルス発信機による陽動作戦をまんまとかつぎだした。そして、サラアム・シインは、それゆえに、のほほんと決勝戦の日を迎えたわけだ。

一方、わが校の歌は問題だらけだ。自己憐憫《れんびん》も非難もしている場合ではない。かれらは、クレッシェンドで最後の和音を終えた。そして、プシオン圧のほとんどないハミング音で締めくくったのだ。その声は、架空の犠牲者をゆっくりと目ざめさせるもの。

「まだ、最終的に決着がついたわけではない」サラアム・シインはつぶやいた。いまごろになって、怒りがふくれあがるのを感じる。やっとのことで怒りをおさえ、はげしい非難の言葉をのみこんだ。

審査委員長が、決勝戦第一日の終了を宣言した。もちろん、かれもまた苦しんでいた。同胞種族の一合唱団に圧倒されたオファラーの名歌手は、上級審査員の職には不向きだから。それゆえ、委員長もまた、ほかの六名の〝委員〟同様、ほとんどそっけないそぶりだ。

サラアム・シインは気づいた。カレング・プロオがベルク・ナムタル合唱団を立たせたままでいる。ライバルは一目散に近づいてきた……悪意に満ちた顔つきで。サラアム・シインの自制心があわやその顔つきの犠牲となるところだった。

「この第一ラウンドはわたしの勝ちだな！」カレング・プロオは、そこらじゅうのだれもが充分に聞こえるような大声をはりあげた。「そして、すでにもう確定していることがひとつある、サラアム・シイン。決勝戦第二日の決定がくだれば、きみたちはろくな成績をおさめないということ！」

相手は笑い、サラアム・シインが反論の言葉を見つけないうちに立ち去った。同時にだれかが、これまで円形劇場の内部空間を仕切っていた防御バリアのスイッチを切る。全員が突然、興奮の音の渦にのみこまれた。

「あせるな！」サラアム・シインは、しずかに歌うように告げた。自分の生徒たちのほかにはだれにも聞こえないとわかっている。「切り札をいくつか、わたしはまだかくし持っているから！」

＊

サラアム・シインは、休みの二日間を有効活用し、ナムビク・アラ・ワダの合唱団に新スタイルの防御の歌をもたらした。《ハーモニー》でみずから編みだしたものだ。そのほか、法典守護者グラウクムに、姿をくらましたコデン・フリーの件についてなにか進展がないか、二度ほど問いあわせた。それでも、これといった情報はなにも得られない。サラアム・シインは確信していた。あの行方不明者は、ベルク・ナムタルが送りこんだにちがいない……いまごろわかったところで、すでに手遅れだが。

決勝戦第二日の円形劇場は、いつもと変わらないように見えた。スタンドは満席で、防御バリアが合唱団をせまい空間に密閉する。各校それぞれ千名からなる合唱団のあいだの空間に審査委員全員がすでに集まっていた。特別な栄光の印として、マルダカアンの法典守護者グラウクムが屋根のないグライダーに乗り、防御バリアドームの下を漂っている。そばには、ソム人一、二名のほかに、もとヴィーロ宙航士のダントンとテケナーの姿があった。

これこそ、合唱団選抜コンクールの雰囲気だ！　サラアム・シインは思った。興奮が押しよせ、もう自分をはなそうとしないのを感じる。すべてがこのうえなく順調だ。こんどは、生徒たちをあらゆる攻撃から守ることができる。これで、コンクール開始以来、はじめてナムビク・アラ・ワダのベストメンバーが勢ぞろいするわけだ。

もちろん、初日の遅れをとりもどすのはむずかしいかもしれない。とはいえ、かれらはやりとげるだろう。すこしの運さえあれば。

「歌の師たちはわたしのところへ！」審査委員長が叫んだ。かさぶた様のほぼ紫色をした皮膚のオファァラーだ。

今回は、サラアム・シインが抽選に勝った。これにより、歌う順番を決める権利を得る。

「ナムビク・アラ・ワダからはじめる！」校長は歌うように告げた。はじめに歌ったほうが、基本的に有利だ。対戦相手により大きな精神的圧力をあたえられるから。きょうはとりわけ、効果的だろう……戦士イジャルコルの名誉あるいはエスタルトゥの奇蹟に対する緻密に調整された歌を披露しなければならないのだから。これこそ、ナムビク・アラ・ワダの真骨頂だ。順番が逆だったなら、総合優勝の可能性はまったく望めなかったかもしれない。

「所定位置につくように！」校長は、最後に生徒たちにそう告げた。「すべては、打ちあわせどおりだ！」

校長は、シオム・ソム銀河の〝紋章の門の歌〟の出だしの音をいくつか出した。数秒間、サラアム・シインの心を憂いが満たす。まさにこの作品を、標準暦で七十年前、試験で歌ったことがある。そして、うまくいったのだ。もちろん、現在の歌手としての最高のパフォーマンスは、当時のぎごちない試みとほとんどくらべようもない。それでも、サラアム・シインは、旋律のふくらませかたのみならず、確信が増したように感じる。十二本すべての触腕を使い、出だしと拍子の合図を出した。生徒たちは、すでに千回以上リハーサルしたとおりに反応する。かれらは一団となって名人芸を披露し、サラアム・シインはだめ押しとして、繊細なアクセントをつけた。さらに大きく！　校長は考えた。さらに大きな声で歌わなければ！　たちまち、歌のプシオン圧が増した。まるで師と生徒のあいだにテレパシー・コンタクトが生じたかのごとく。ときおり、サラアム・シインは思った。実際にそうなのではないか……いや、自分は状況を理性的にとらえなければならない。感情的になってはならないのだ。

最後の和音とともに、校長はシオム・ソム銀河の〝紋章の門の歌〟を締めくくった。確信する。ベルク・ナムタルがこのレベルに到達することはまずない。問題はただ……一日めの遅れをとりもどすことができるか、どうだ。

＊

ベルク・ナムタルの歌が、異常なほどしずかにはじまった。マルダカアンではいまだかつて聞いたことのないような、完全にあらたな旋律だ。つまり、カレング・プロオがさらなるサプライズを用意したということ……サラアム・シインは思った。これが、ベルク・ナムタルのほかのレパートリーのように緻密さにおいて改善の余地があればいいのだが。

願いはかなった。とはいえ、はじめての経験だった。声楽学校が、讃歌に最大限の暗示的説得力をあたえた作品を完成させたのだ。カレング・プロオのあらたな合唱曲は、戦士イジャルコルを、そのおこないを、その功績を共通形式で賞讃するもの……そのうえ、ほとんど不思議な力をはなっていた。

サラアム・シインは、高揚感にとらわれそうになった。思わず、生徒たちにも教えた防御の歌をハミングしはじめる。背後の列から同様に、特徴的なハミングの声が聞こえてきた……振りかえると、ナムビク・アラ・ワダのここにつどう全員がひとつの防御ブロックを形成するのが見えた。

これで、すくなくともなんの心配も不要だ。

あらたな歌の第一楽章が、はじまりと同様にしずかに終わった。それでも、サラアム

・シインは感じた。あらゆる防御の歌にもかかわらず、旋律が体内になにかをもたらしたようだ。これは、〝禁じられた〟歌のたぐいなのか？　もっともな理由からさらにひろまることのない、忘れられた半音階歌曲のひとつか？　サラアム・シインは身ぶるいした。自分自身、この歌のひとつを知っている。死の歌、オファラー言語で〝ナムバク・シワ〟と呼ばれるものだ。

第二楽章は、けたたましい不協和音ではじまった。ナムビク・アラ・ワダ合唱団全員が身をすくませる。まるで音の組みあわせに体内のなにかを引き裂かれたかのようだ。これまで、イジャルコルの名誉だけがテーマだったところに、いまや恒久的葛藤の教えが、とりわけ、戦いの戒律が歌われている。サラアム・シインは、漠然とした恐ろしい予感に慄然とした。名誉、戦い、服従……エスタルトゥの戒律の順序ではこうなるはず。自分とほかの多くの知性体が忌み嫌うものだ。

不協和音がプシオン嵐と化し、とりわけナムビク・アラ・ワダの生徒めがけて襲いかかった。もちろん、審査委員メンバーも標的となる。とはいえ、まさにこれらの名歌手たちなら、あらゆるオファルの合唱団に耐えられるはずだ。

名誉、戦い、服従……そして死だ！

「やめるのだ、カレング・プロオ！」サラアム・シインは、環状発話膜全体を使って叫んだ。突然、明白になる。この未知の旋律の第二楽章は致命的なものとなるだろう。それは、千名以上の歌手に対する殺害攻撃だ。だれもが服従する恒久的葛藤によって、これを可能にし、促進している！

「やめるのだ、カレング・プロオ！」

サラアム・シインの声はとどかない。いまはこの防御の歌に全集中し、襲いくるものを無効化しなければ。さもなければ、ベルク・ナムタルの合唱団はこのバリアを破壊し、わたしに……なんらかの方法で！……致命傷を負わせるだろう。生徒たちはどうだ？振りかえり、ひと目でわかった。ナムビク・アラ・ワダのメンバー全員がまだ立っている。数名は懸念されるほどふらついているものの、その環状発話膜が防御の歌をどうにか発しているのをはっきりと感じた。

「カレング・プロオ！　やめるのだ！」

なんの役にも立たない。審査委員会メンバーのからだが震えはじめ、ゆっくりとわきに退いていく。まるでヴェールごしに見ているかのようだ。名歌手でさえ……もっとも、自分と生徒たちにはこの逃げ道はない。さらに防御バリアはコンクール会場の密閉を完了している。両校のうちどちらかが勝利をつかむまで、名誉にかけて開けさせないだろう。

「やめてくれ、やめるのだ！　カレング・プロオ！」

最後の言葉で、自分にはもう、プシオン圧をくわえるには充分な力さえのこっていないとわかった。ますます弱っていくばかりだ。サラアム・シインは驚いてこう思った。われわれのだれも、このものすごい力にもう長くは耐えられないだろう。映像にあふれたトンネルを通過するかのごとく、カレング・プロオの顔が見えた。顔には勝利意欲のみならず狂気が浮かんでいる。顔をゆがめた薄笑い。けっしてオファラーのものではない、未知の表情……そして、その薄笑いが、サラアム・シインが心のなかで大切に育ててきたダムを破壊したのだ。

サラアム・シインは防御の歌をつづけながら、はじめはごくしずかに、やがてますます大きく、ナムバク・シワの冒頭部を歌いはじめた。からだにほとんど力がのこっていないとわかる。生徒の多くがいまにも死にそうにくずおれはじめたが、まさにこの瞬間、最後の力が解きはなたれた。《ハーモニー》ですごした時間が頭に浮かぶ。ほとんど意志に反し、死の歌を合唱曲として発展させたときのことが……

非常に恐れてきた機会が、いま到来したのだ。サラアム・シインは耳をつんざくような声をあげ、旋律にあらたなニュアンスをくわえた。こちらのメンバーのみに作用し、魅了するものだ。

数秒後、ナムビク・アラ・ワダの介入可能な歌手全員が本能的にその音をとらえた。サラアム・シインが決定的な調整をくわえると、これまで一度も練習されたことのない歌が非常に複雑な旋律に変わる。音響とプシオニックがそこに混じり、致命的決着がついた。ベルク・ナムタルの歌をたやすく弱まらせたのだ。それでも、カレング・プロオをとりまく歌手たちはあきらめない。抵抗しつづけ、とうとう数名がくずおれると、そのまま動かなくなった。こうしてようやく、かれらは合唱の歌から離脱し、コンクール会場のもっとも奥のすみに逃げていく。サラアム・シインは、そこまでナムバク・シワを追わせないことにした。自分は殺害者でない。とはいえ、戦わずにあきらめるわけにもいかない。

「カレング・プロオ！」サラアム・シインは叫んだ。確信する。相手にこの声がとどいたにちがいない。「あきらめろ。そうすれば、きみにはなにもしない！」

ライバルの顔に浮かんだ、精神を病んだ薄笑いがさらに深く焼きつく。サラアム・シインにはわかった。この場合、忠告してもむだだろう。そこで、この瞬間までさしひかえてきた、あの影響力の高い成分を自分の歌にくわえた。すると、ベルク・ナムタルの歌手たちが集団で倒れる。命がつき、突然くずおれたのだ。

ナムバク・シワは、さらにけたたましさを増していく。それでもまだカレング・プロオの歌についていくことが可能な生徒は、五十名といったところか。とはいえ、その数は減りつづけていく。このとき、サラアム・シインの心の目の前に、ちびオファラーの姿が浮かんだ。これほど長い歳月、亡霊のように自分につきまとってきたものだ……すると、最後のためらいが消えさった。もはや、かれらの命を救うことはできない。ベルク・ナムタルの合唱団からはなれたい者はとうにそうしているし、追われているわけでもない。のこっているメンバーは、何度も攻撃してくるだろう。いまや、サラアム・シインにはそうとわかった。

最後にナムバク・シワの暗示力を強めた。この宿命的な決勝戦の日の最後に、音響とプシオニックが、真のハーモニー的決着のために集結したのだ。サラアム・シインはほとんどヒステリックになりながらも、ひそかに思った。これこそが死者のハーモニーだ。カレング・プロオとその最後の協力者は茫然としたまま、倒れた。そのからだは結晶物質と化す。それは透明で、しまいに細かな塵《ちり》となった。サラアム・シインは何度も思った。すでにきょうの悲劇を夢で見たはず。それでも、オンデクを失い、アラスカ・シェーデレーアに出会った当時とまったく同様に無力だった。

そして、当時のように、きょうのカタストロフィも希望の兆《きざ》しを秘めているのだ。

エピローグ

暗殺者

ロワ・ダントンはぎょっとしたが、これを周囲に気づかれないようにした。サラアム・シインひきいるナムビク・アラ・ワダが負けそうなのだ。ベルク・ナムタルの破滅をもたらす歌の威力が、ここ上空まで伝わってくる。

「防御バリア展開！」オファラーのグラウクムが命じた。マルダカアンの法典守護者だ。不可視のヴェールが、グライダーをつつみこむ。機体は、乗客五名を乗せ、マルダカアンの大円形劇場上空に浮かんでいた。「カレング・プロオが禁じられた歌を投入した。いずれにせよ、これで負けは確実だな」

「なぜ、合唱コンクールを中止しないのか？」ダントンが、この件における本当の関心事を明かさずに訊いた。

「それは不可能というもの！」グラウクムが歌うように応じる。その声には、憤《いきどお》りのみならず、〝シオム・ソム銀河の自由人〟に対して無意識のうちにいだいた不信感がこめられていた。「ナムビク・アラ・ワダの名誉に関することなのだ！　いずれにせよ、かれらの勝ちだ。生きのこったならば……それでも、実際にベルク・ナムタルにまさることをしめさなければ」

細かい汗のしずくが、テラナーの額に浮かんだ。心を決めかね、隣りにすわるロナルド・テケナーを見つめた。友は表情ひとつ動かさない。〝待つ〟とは、なにもできないということなのだ。

一時間後、ナムビク・アラ・ワダの合唱団が勝利をおさめた。

ロワ・ダントンは、舞台エリアを怒りのまなざしで見おろす。そこではちょうど、死んだオファラーが運び集められ、ただちに貨物グライダーに積みこまれるところだ。

不要な犠牲者だ、このすべてをひっくるめて……とはいえ、エスタルトゥの恒久的葛藤の原理は、ほかの解決策をなにひとつのこさなかった。

「もう充分だ」ダントンがいった。「宇宙港にもどろう」

唯一のなぐさめは、〝暗殺〟のあらゆる準備がここまで計画どおりに進んだこと。ナムビク・アラ・ワダは、きたる生命ゲームにおいて、直接シオム星系で音頭をとるだろう。そして、サラアム・シインはネットウォーカーだ……なにが重要か、正確にわかっているはず。

あとがきにかえて

林　啓子

作家ロベルト・フェルトホフ（Robert Feldhoff）は、本巻の後篇一三二八話「死者のハーモニー」にてローダン・ヘフト版に初登板した。一九六二年七月十三日、ドイツ南西部のバーデン＝ヴュルテンベルク州ショルンドルフの生まれ。州都シュトゥットガルト近郊の町だ。クリスマスにタイプライターを贈られたのを機に作家を志し、経済学部に在学中の一九八四年、短篇の投稿をはじめ、翌年に作家デビューを果たした。

ローダン・シリーズにはその二年後の一九八七年、ポケットブックス版（惑星小説二八九巻『アルファ小惑星』にて初登場する。この作品が当時の編集者ホルスト・ホフマンの目に留まり、同年ヘフト版に進出（本作品「死者のハーモニー」）。たちまちウィリアム・フォルツに比肩するほどの人気作家となる。もっとも本人によれば、あの偉大なる作家と比較されるのが嫌だったとか。

その後、エルンスト・ヴルチェクとともにプロットも担当するようになる。一九九九年十二月、記念すべき二〇〇〇話「〝それ〟」をヴルチェクとともに執筆。『ローダン・ハンドブック2』にその日本語訳が掲載されている。同年末にヴルチェクがプロット作家を引退したのちは、その重責をひとりで担った。トレゴン大サイクルの創案は、大半がフェルトホフによるものという。

プロット作家としてつねに心がけていたのは「整合性のある一貫したSF世界を読者に届ける」こと。二五三八話までに本篇のヘフト版を百二話、ポケットブックス版十一巻を担当するほか、コンピュータ・ゲームソフト『無限への橋』の製作にたずさわり、さらにはコミック『インディゴ』シリーズの原作を手がけた。

ロベルト・フェルトホフは、二〇〇九年八月十七日、病気のため四十七歳の若さで帰らぬ人となった。四十七歳……ここで四年前の記憶がよみがえる。五六二巻の「あとがきにかえて」にてご紹介した初登場作家トーマス・ツィーグラー（Thomas Ziegler）のことだ。一九五六年十二月十八日生まれ。ウィリアム・フォルツ亡きあと、エルンスト・ヴルチェクとともに一二一一話から一二九九話までプロット作家として活躍した。二二五六話を最後の作品とし、二〇〇四年九月十一日、同じ四十七歳で他界。

ペリーペディアによれば、二代目プロット作家のウィリアム・フォルツも、同じ年齢……一九三八年一月二十八日誕生、一九八四年三月二十四日逝去なので私の計算では四十六歳だが、ま、よしとしよう……でフェルトホフと同じ病名で亡くなったという。三人とも同じ年齢というところがなんともミステリアスだが、実際にプロット作家とは、命を削るほどの激務なのだろう。

ロベルト・フェルトホフの次回作一三四一話「クマイから来たスパイ」（仮題）をただいま翻訳中だが、別人かと目を疑うほど、破天荒なヘフト版デビュー作とは作風が一変している。ご期待いただきたい。

未完の遺作となった二五三八話は、ウーヴェ・アントンが完成させた。表紙には長年にわたる功績を称え、ロベルト・フェルトホフの肖像画が描かれている。https://www.perrypedia.de/wiki/Datei:PR2538.jpg

現在の発刊ペースによれば、絶筆の日本語版が刊行されるのは二十五年後の二〇四七年。その表紙にも肖像画の登場を期待したい。

（工藤稜画伯、いまからリクエスト可能でしょうか？）

その翻訳を担当させていただけるよう日々精進し、心身ともに健やかでありたいと願う。またひとつ、新たな目標ができた。

二〇二二年三月二十八日　桜満開の東京にて

セミオーシス

Semiosis

スー・バーク
水越真麻訳

二〇六〇年代、人類は惑星パックスに植民を開始した。植物学者のオクタボは、この星の植物が知性を持ち、人類を敵だと判断すれば、排除するだろうと知る。人間が生き残るには植物との意思疎通と共生が不可欠だが……。七世代百年以上にわたる植民コロニーの盛衰と、植物との初めての接触《ファースト・コンタクト》の物語。解説／七瀬由惟

ハヤカワ文庫

訳者略歴　獨協大学外国語学部ドイツ語学科卒，外資系メーカー勤務，通訳・翻訳家　訳書『被告人ブル』グリーゼ＆エルマー，『エルファード人の野望』エーヴェルス＆マール（以上早川書房刊）他多数

HM=Hayakawa Mystery
SF=Science Fiction
JA=Japanese Author
NV=Novel
NF=Nonfiction
FT=Fantasy

宇宙英雄ローダン・シリーズ〈664〉

死者《ししゃ》のハーモニー

〈SF2365〉

二〇二二年五月　十日　印刷
二〇二二年五月十五日　発行

（定価はカバーに表示してあります）

著者　マリアンネ・シドウ
　　　ロベルト・フェルトホフ

訳者　林《はやし》　啓《けい》　子《こ》

発行者　早川　浩

発行所　株式会社　早川書房

郵便番号　一〇一 - 〇〇四六
東京都千代田区神田多町二ノ二
電話　〇三 - 三二五二 - 三一一一
振替　〇〇一六〇 - 三 - 四七七九九
https://www.hayakawa-online.co.jp

乱丁・落丁本は小社制作部宛お送り下さい。
送料小社負担にてお取りかえいたします。

印刷・信毎書籍印刷株式会社　製本・株式会社川島製本所
Printed and bound in Japan
ISBN978-4-15-012365-9 C0197